Karin de la Roi-Frey

Föhr ahoi

Karin de la Roi-Frey

Föhr ahoi

Springende Muscheln,
Tausendjahrsgebäck
und wandernde Häuser

Stieglitz Verlag

D-75415 Mühlacker

Gestaltung des Umschlags: Elser Druck GmbH.
Titelbild und Fotos Inhalt: Karin de la Roi-Frey.
Bilder Seite 161 und 181:
Quelle: Quedens, Georg: Strand und Küste – Wattenmeer, München u. a. 1984, S. 68, 72.

Bibliografische Information der Deutschen Bibliothek
Die Deutsche Bibliothek verzeichnet diese Publikation in Der Deutschen Nationalbibliografie; detaillierte bibliografische Daten sind im Internet über http://dnb.ddb.de abrufbar.

ISBN-10: 3-7987-0443-0
ISBN-13: 978-3-7987-0443-5

Druck: Karl Elser Druck GmbH, Mühlacker

Vorwort

Mit „Föhr ahoi ⚓“ begrüße ich die Inselfans an Bord. Es geht gemütlich lesend beim Tee oder mit dem Fahrrad über die Insel zu Geschichten und Entdeckungen.

Von der ehemaligen „Hallig Dagebüll“ fährt die Wasserkutsche, auch „Schiff“ genannt, mit uns und der Hilfe von „Wegweisern übers Meer“ schließlich „In einem großen Bogen nach Wyk“. Es geht um den „Preester“ herum. Und während der Überfahrt werden die Fragen geklärt: „Wer ist Frau Uhlande?“ und „Wem gehört die Nordsee?“

Sägefische und Geisternetze schwimmen vorbei, der „Blanke Hans“ treibt sein Unwesen, und „Der Regen kommt meistens von Amrum“. Am Ankerplatz Wyk lohnt sich ein Rundgang durch die kleine Stadt, deren Wappen ein kaputtes Schiff zeigt. Oha, wenn das man gut geht! Und noch andere Kuriositäten erwarten die Inselfans: „Auch abends sagt man ‚Moin‘!“ oder „Häuser auf Wanderschaft“. Und dass ein Stinkbüdel kein Schietbüdel ist, wird auch klar gestellt.

Auf einer Kreuzfahrt über die Dörfer stehen Inselfans vor Steinen, die nicht reden, finden „Spuren einer großen Sturmflut in Nieblum“ und erfahren, dass Grönland in Boldixum auf Föhr liegt. Ja, so ist das! Und genauso erstaunlich geht es in dem Kapiteln „Fische aus dem Garten“, „Ohrenstöpsel für Fische“, „Strandräuber und Muscheln, in die ein Bleistift passt“ weiter.

Was ist das denn alles für'n Tünkram, denkt Ihr! Von wegen, setzt Euch nochmal einen Tee auf und lest nach, was ich Euch erzähle. Oder setzt Euch auf's Fahrrad zur großen Entdeckertour über die Insel. Ihr werdet sehen: Das ist alles kein Seemannsgarn. Auch das mit dem „Kochtopf im Friesenwappen“ stimmt, ebenso das mit dem „Kaiser auf dem Parkplatz“ und dem „Tausendjahrsgebäck“.

Und es gibt noch viel mehr zu entdecken und anzugucken, ganz zu schweigen von springenden Muscheln und Hühnergöttern, von rätselhaften Jahreszahlen und höchst interessanten Küchenabfällen. Aber die Bäume für die Seehunde vor Dagebüll sind vielleicht doch nur Seemannsgarn, oder?

Wer neugierig ist, verstehen will, noch staunen kann und Spaß daran hat, die Insel Föhr und ihre Menschen genauer kennen zu lernen, unternimmt mit „Föhr ahoi⚓“ einen unvergesslichen Törn durch die nordfriesische Inselwelt. Also: Segel setzen, Anker lichten, den Horizont immer im Blick, an Bord genügend Wasser für Tee, und dann kann es losgehen. Föhr ahoi⚓

Für das Logbuch:

Breitengrad: wird noch ermittelt
Wetterlage: Sonne wie am Äquator
Wind: Null
Stimmung: nicht viel besser, Brise fehlt
Wasserkutsche: schwabbelt vor sich hin
Mannschaft: träumt von Föhr
Verpflegung: Tee mit Föhrer Wasser schmeckt am besten
Datum: 16. August 2020
Uhrzeit: 21. 43 Uhr

Na denn: Moin!
Karin

Zwei Schwestern umarmen Schleswig-Holstein

Seit 1960 ist kein Mensch mehr auch nur annähernd so tief ins Meer hinabgetaucht wie die zwei Männer, die am 23. Januar dieses Jahres ein stählernes Unterseeboot besteigen. Der Schweizer Tiefseeforscher Jacques Piccard (1922-2008) und der 29-jährige amerikanische Marineleutnant Don Walsh erreichen im Marinanengraben, der im westlichen Pazifik liegt, die unglaubliche Tiefe von fast elf Kilometern. Das ist nur möglich, weil das U-Boot eine Kugel ist. Keine andere Form könnte den ungeheuren Druck dort unten im Wasser überstehen. Ein Jahrzehnt früher wird die Tiefe von 280 Metern für ein U-Boot schon als kleines Wunder betrachtet. Es ist dunkel, eiskalt (1,8 Grad), und der Wasserdruck von einer Tonne auf jedem Quadratzentimeter setzt dem Stahl derartig zu, dass er sich wie brutzelnder Speck in der Pfanne anhört.

Der Pazifik hat eine Größe von über 181 Millionen Quadratkilometern und kann ja nur heimlich lachen über die kleine Nordsee da oben westlich von Schleswig-Holstein. Dieses kleine Randmeer des Atlantiks dehnt sich gerade mal über eine Fläche von etwas mehr als einer halben Million Quadratkilometern aus. Und ihr Schwestermeer, die Ostsee? Noch lütter! 412 560 Quadratkilometer. „Davon ist nicht zu pochen“, wie man bei uns sagt. Also, mit so’n paar Kilometern im Quadrat kann man nicht prahlen oder angeben. Und dann erst die Tiefe, Ohaueha! Nun lacht der Pazifik aber richtig laut. Die Ostsee bringt es maximal auf 459 Meter, die mittlere Tiefe beträgt nur 52 Meter. Na ja, die gilt auch als Binnenmeer, die Nordsee ist immerhin ein Randmeer mit einer maximalen Tiefe von 725 Metern und einer mittleren Tiefe von 94 Metern. Manche sagen denn auch: Gegen die Nordsee ist die Ostsee nur ein Teich.

Denn haben wir bei der Überfahrt von Dagebüll nach Föhr also ordentlich Wasser unterm Kiel, oder? Von wegen, die größte Tiefe beträgt auf dieser Strecke 13 Meter. Und so sind sich die Kapitäne der W.D.R.-Fähren auch ganz sicher: „Wenn wir da untergehn, guckt oben immer noch was raus!"

Ein Tipp von Karin:
Die Schwestern Nord- und Ostsee treffen sich ganz oben an der Nordspitze von Dänemark. Das sieht man an der etwas unterschiedlichen Färbung der Meere und an den Wellenkämmen, die aufeinander treffen. Vor Skagen kann man mit dem einen Fuß in der Ostsee und mit dem anderen in der Nordsee stehen.

Eigene Notizen:

Weißes Gold in der Halligbutter

Saxo Grammaticus hieß der Däne, der im Auftrag seines Herrn um das Jahr 1200 durch die friesischen Lande reiste und darüber Berichte verfasste. Über die Friesen am Meer und auf den Inseln schrieb er: „Aus getrockneter Erde wird Salz gemacht." Den König freute es. Die Salzsteuer füllte seine Kassen, denn Salz war eine sehr begehrte, manche sagen die wichtigste Handelsware dieser Zeit. Nur mit Salz konnten Lebensmittel haltbar gemacht werden, und manchmal auch Leichen, aber das ist eine andere Geschichte.

Wie kamen die Inselfriesen nun zu dem Salz, das sie über die „Saltergater" (Salzstraße) auf dem Festland zum Verkauf brachten? Eine Antwort findet sich in der Urgeschichte unseres Planeten. Vor über vier Milliarden Jahren befand sich die Erdoberfläche in einem flüssigen, kochenden Zustand. Dann gingen die Temperaturen zurück, und der Wasserdampf wurde zu Regen, der über Jahre, Jahrhunderte, Jahrtausende nicht mehr aufhörte. Das Wasser sammelte sich in riesigen Erdvertiefungen, den heutigen Ozeanen, und brachte Salz mit, das es aus den Gesteinen der Erdkruste gelöst hatte. Heute befinden sich in jedem Liter Ozeanwasser drei Esslöffel Salz. Und egal, wie viel Wasser der Weltmeere jährlich verdampft, manche sagen bis zu einem Meter, das Salz bleibt im Wasser. Würde man es herausfiltern und an Land bringen, so wäre die Erde mit einer Salzschicht von 1,20 bis 1,50 Meter Höhe bedeckt.

Wir wissen: Auch wenn Schiffbrüchige von Wasser umgeben sind, soweit das Auge reicht, sie verdursten trotzdem. Meerwasser ist nicht trinkbar. Und dabei ist es

Ebbe vor Föhr mit Blick auf Amrum

egal, ob das Meer weniger salzig ist wie z. B. die Ostsee, in die viel süßes Flusswasser fließt. Salzgewinnung lohnte sich also vor allem aus der Nordsee. Und Saxo Grammaticus hat es ja schon aufgeschrieben: Einstige Moore und Wälder wurden irgendwann vom Meer mit Schlick bedeckt und dabei kräftig gesalzen. Nur bei Ebbe kamen die Friesen an den tief liegenden Torf, den sie dann trockneten und verbrannten. In großen Salzpfannen gewann man aus der mit siedendem Wasser übergossenen Asche schließlich das wertvolle Salz. Das war eine schwere, zeitraubende und nicht ungefährliche Arbeit. Aber es lohnte sich. Ein Kilogramm Salz entsprach über Jahrhunderte dem Geldwert eines Rindes.

Mit der Entdeckung anderer und leicht zugänglicher Salzvorkommen, z. B. bei Lüneburg, verlor dieser

Erwerbszweig an der Küste seine Bedeutung. Es heißt aber, noch um 1750 arbeiteten vereinzelte Salzsieder auf Föhr. Nur ganz wenige Spuren haben sich von ihnen erhalten. So weiß man, dass es vor dem Dorf Goting eine Salzsiederei gab. Und im Dorf Hedehusum wird ein Stückchen Land direkt am Meer noch immer als „Saaltnemsguard“ bezeichnet, womit ein Grundstück gemeint ist, das von einem Wall umgeben war und wohl für die Salzgewinnung (Saalt) verwendet wurde.

Von der Hallig Langeneß wird berichtet: „Alle Bauern lieferten bis 1967 die Butter nach Wyk, teils an Geschäfte, teils an Privatpersonen. Die Halligbutter war sehr begehrt.“ Sie hatte durch die immer wieder von der Nordsee überspülten Wiesen, auf denen die Kühe weideten (Salzwiesengräsung) eine ganz besondere Geschmacksnote, und viele mochten die Halligbutter viel lieber als die von der Inselmolkerei. Und so waren die Kunden schnell im Laden, wenn das Schild „Halligbutter“ vor der Tür eines Lebensmittelladens hing.

Und wie ist das nun mit den Leichen und dem Salz?

Tote Seemänner wurden einst entweder dem Meer übergeben oder in einem fremden Land beerdigt, weil man die Leichen unmöglich so lange mitnehmen konnte, bis die Heimat erreicht war. Aber es wurden Ausnahmen gemacht, so z. B. bei Schiffsjungen, die man den Müttern unbedingt zurückbringen wollte. Man gab den kleinen toten Körper in ein Holzfass, füllte jede Lücke mit Salz und nagelte ganz fest einen Deckel darauf. Konserviert wie Heringe, so muss man es leider sagen, kam der Verstorbene schließlich nach Hause zurück.

Warum ist das Nordseewasser nicht rosa?

Das Wasser selbst ist farblos, und doch sehen wir es in den unterschiedlichsten Outfits. So erzählt der berühmte Dichter Theodor Storm (1817-1888) aus Husum in einem Gedicht von einer grauen Stadt, nämlich Husum, am grauen Meer, also an der Nordsee. Und manchmal kann die Nordsee sogar fast schwarz sein. Grün zeigt sie sich, wenn sich zu viele Algen im Wasser tummeln. Und dann kennen wir noch die herrlichen Sommertage am Wyker Strand mit der blauen Nordsee im Hintergrund. Aber rosa? Die Erklärung ist einfach: In einigen Metern Tiefe filtert das Wasser fast alle Farben aus dem Sonnenlicht, das auf die Oberfläche der Nordsee scheint, heraus. Übrig bleibt nur das Blau. Und so ist die Nordsee manchmal grau, schwarz, blau, vielleicht auch grün, aber nie rosa.

Und nun ist auch klar, warum die Erde aus dem Weltall wie ein blauer Planet aussieht, besteht sie doch zum größeren Teil aus Wasser.

Man glaubt es kaum!
Es gibt rosafarbenen Sand. Und so verlassen wir mal kurz die schönste aller Inseln und fahren auf die Insel Harbour Island, die zu den Bahamas gehört. Am dortigen Pink Sand Beach, und das sagt uns schon der Name, liegt Sand in der Farbe Rosa. Dafür sorgen winzige Insekten mit rosafarbenen Panzern, die nach deren Absterben angeschwemmt werden.

Auch der Strand von Elafonisi am südwestlichsten Punkt der Insel Kreta schimmert durch unzählige zerbrochene Muschelschalen in zarten Rosatönen.

Die Nordsee kann ein Ententeich sein

Das sagte einmal ein alter Kapitän zu mir. Ja, spiegelglatt und ruhig kann sie an besonderen Tagen vor uns liegen. Das aber ist selten der Fall, denn die Nordsee ist ein bewegtes Meer. Irgendeine Welle zeigt sich fast immer, und wenn es die ist, die die Fähre auf ihrer Fahrt in den Wyker Hafen an den Strand schiebt.

Früher glaubten die Menschen, Wetterhexen würden ganz gewaltig Luft holen und uns dann den Wind übers Meer blasen. Inzwischen wissen wir schon lange, dass Wind durch Temperaturunterschiede entsteht, wenn es auf dem Meer kälter ist als an Land. Da das meistens so ist, haben wir fast immer Wind, und das ist der Vater der Wellen. Dazu kommt: Je größer die Wasserfläche ist und je weniger Hindernisse sich dem Wind in den Weg legen oder stellen, desto größere Wellen entstehen.

Und damit wissen Mitdenker nun auch, warum die Surfer mit ihren Brettern so gerne nach Sylt fahren. Die Wellen sind dort viel größer als vor Wyk. Warum? Sie kommen ohne Hindernisse direkt aus den Weiten des Atlantiks angerauscht. Davon können Wyker Surfer nur träumen, denn die der Insel vorgelagerten Halligen sind ein natürliches Hindernis für den Wind. Zusätzlich bremst hier der Meeresboden der flachen Nordsee die Wellen. Und so fallen sie vor der Insel ganz schön mickrig aus.

Wer nun denkt, mit jeder Welle käme auch mehr Wasser angelaufen, der irrt. Das Wasser bleibt, wo es ist. Die Welle bewegt sich nur durch das Wasser hindurch. Beweis: Ein auf den Wellen liegender Ball tanzt zwar auf den Wellen, er kommt aber fast nicht vom Fleck – außer

Die spiegelglatte Nordsee vor Föhr

bei Ebbe oder Flut, wenn das Wasser sowieso auf Reisen ist.

Spiegelglatt ist die Nordsee bei Flaute, d. h. es ist windstill, nichts bewegt sich. Das kann sich allerdings mit immer höheren Windstärken ganz gewaltig ändern. Es geht los mit dem leisen Zug (Windstärke 1), also noch Ententeich, dann weiter zur leichten (Windstärke 2), dann schwachen (3), gemäßigten (4) und frischen (5) Brise. Nun kriegt es die Luft so langsam eilig, und aus der Brise wird ein starker (6), steifer (7) und stürmischer (8) Wind. Dann ist er da, der Sturm: Windstärke 9! Wer nun noch nicht im Hafen ist, muss sich aber echt beeilen. Es zieht nun ein schwerer (Windstärke 10), dann ein orkanartiger (11) Sturm über die Inseln und Halligen, der hoffentlich nicht die Höchststufe 12, also Orkanstärke erreicht.

Im September 2010 wird aus dem Ententeich ein brodelnder Kochtopf. Windstärke 10! Die Fähren der W.D.R. bleiben im Hafen. Und was ist mit den 250 Passagieren, die nach Dagebüll wollen? Die kriegen warme Decken und verbringen die Nacht auf dem Schiff. Alle Inselquartiere sind belegt, Hängematten gibt es nicht, aber Stühle und Sitzbänke. Na denn, Gute Nacht!

Mitgedacht:
Marc Lützen, der mit seinem Team die Kombüse und das Schiffsrestaurant betreibt, ahnte schon, was kommen würde und bestellte für den nächsten Morgen einen ganz Sack voll zusätzlicher Frühstücksbrötchen.

Und bei welcher Windstärke ist diese Fähre unterwegs?

Wem gehört die Nordsee?

Selbst aus dem Weltall erkennt man auf unserer Erde, diesem wunderschönen blauen Planeten, das kleine Schleswig-Holstein. Und im Westen davon liegt die Nordsee, über die es mit dem Schiff zur Insel Föhr geht. Also, Leinen los!

Die Ozeane sind nichts anderes als gigantische Regenpfützen aus den Kindertagen der Erde. Zum Atlantik gehört als Randmeer die Nordsee, die den Kontinent umspült. Gemessen an der Größe der gesamten Meeresfläche von 361 Millionen Quadratkilometern ist die Nordsee mit ihren 575 000 Quadratkilometern eigentlich ganz schön lütt. Aber man unterschätze sie nicht! Mit Sturmfluten und gefährlichem Nebel, Sandbänken, Strömungen und Schiffsuntergängen, gebrochenen Deichen und mehrmals im Jahr „Land unter" auf den Halligen zeigt sie immer wieder, wer die „Chefin" ist.

Die Fahrt glücklich überstanden, treten wir nun wieder auf festes Land, der Magen beruhigt sich, und die Stimmung steigt. Und dann fragt so ein kleiner Naseweis neben uns: „Wem gehört eigentlich die Nordsee?" Oha, nun wird's kabbelig, wie der Seemann sagt, wenn die Wellen gegeneinander laufen und mächtig für Unruhe sorgen.

So viel ist klar: Ein bestimmter Streifen der Nordsee gilt als Küstenmeer, denn er reicht an die Landfläche eines Küstenlandes, z. B. Schleswig-Holstein, Deutschland, Dänemark oder die Niederlande. In diesem Küstenmeer und dem darunter liegenden Wattenmeer kann das Land selbst bestimmen, aber nur bis zu zwölf Seemeilen hinaus. Innerhalb dieses Gebiets gilt das Umwelt-

Föhr liegt mitten in der Nordsee

recht des Küstenlandes, und die Küstenpolizei sorgt für Ordnung. Über die 12-Meilen-Zone hinaus hat das internationale Seerecht Gültigkeit, und das Meer gehört sozusagen allen. Der angrenzende Küstenstaat, also z. B. Deutschland, darf aber in begrenztem Umfang innerhalb einer 200-Meilen-Zone künstliche Inseln, Anlagen und Bauwerke wie Bohrinseln oder Offshore-Windparks errichten. Erlaubt ist es auch, sich Sand und Kies vom Meeresboden zu nehmen, und vor allem auf Fischfang zu gehen. Heißt also, die Nordsee, über die wir innerhalb der 12-Meilen-Zone mit der Fähre nach Föhr oder Amrum fahren, gehört dem Land Schleswig-Holstein bzw. Deutschland. Alles klar?

2018 „erbte" die Stadt Wyk ein Stück Nordsee. Die Bundesrepublik Deutschland übertrug ihr eine Fläche von 103 000 Quadratmetern, nämlich Grundstücke im Bereich des Hafens und die dazu gehörigen Wasserflächen – und das auch noch ganz umsonst.

Und was ist, wenn das Wasser weg ist?
Dann liegt vor uns das weite, platte Wattenmeer. Und dort ist unglaublich viel los. Würmer, Muscheln, Krabben, Krebse, ganz kleine Fische und Schnecken sind unterwegs im, aber auch auf dem Wattboden. So findet man z. B. in einem Quadratmeter Schlickwatt allein 50 000, manche sagen auch 100 000, der winzig kleinen (5 mm) Wattschnecken. Sie gelten übrigens als die schnellsten Schnecken der Welt, denn sie können sich an der Wasseroberfläche festsaugen und sich mit der Strömung rasend schnell treiben lassen.

Eigene Notizen:

Steuerbord und Backbord

Welche Landratte kann sich das schon merken: Auf jedem Schiff der Weltmeere ist vom Heck des Schiffes, also von hinten, aus gesehen „Steuerbord“ die rechte Seite, „Backbord“ also die linke Seite. Und das muss jeder, der sich auf dem Meer bewegt, unbedingt wissen, denn in der Seestraßenordnung heißt es: „Sobald zwei Dampffahrzeuge sich in gerade entgegengesetzter oder beinahe gerade entgegengesetzter Richtung so nähern, dass die Annäherung Gefahr des Zusammenstoßens mit sich bringt, muss jedes seinen Kurs nach Steuerbord ändern, damit sie einander an Backbordseite passieren.“ Mit anderen Worten: Auch auf See gilt der Rechtsverkehr.

Das war zwei W.D.R.-Kapitänen im September 2005 auch klar. Was dann trotzdem vor Dagebüll zum Zusammenstoß der „Rungholt“ und der „Schleswig-Holstein“ führte, war dichter Nebel mit einer Sicht von 20 bis 30 Metern. Und trotz modernster Ausstattung kam es in der nur 60 Meter breiten Fahrrinne zur Kollision. Die Fähren mussten in die Werft, aber die W.D.R. setzte andere Fähren zusätzlich ein. War auch nötig, denn die Insulaner waren auf dem Weg in die Herbstferien in südlichen Gefilden. Dorthin kommt man nur mit dem Flugzeug, und das wartet nicht, weil zwischen Föhr und Dagebüll zwei Fähren nicht aneinander vorbeikamen.

Zurück zu Steuerbord und Backbord. Die zwei haben auch noch bestimmte Farben: Steuerbord ist grün, Backbord ist rot. Und das führt uns zu den schwimmenden Seezeichen in der Nordsee, zu den Bojen. Sie bestehen aus Stahlblech oder Kunststoff und sind mit einer Kette und einem Betonklotz fest am Meeresboden verankert. Bojen markieren die Begrenzung von Wasserstraßen oder Fahrrinnen. Auch auf der Fahrt zwischen Dagebüll und Föhr begegnen uns einige dieser Ankertonnen. Aber sie haben verschiedene Formen und Farben. Die einen sind grün und kegelförmig, die anderen rot und zylindrisch. Für die Kapitäne heißt das: Rechts, also an Steuerbord, schwimmen die grünen, links an Backbord die roten Bojen, und so findet er mit seinem Schiff den Weg. Fast immer ...

Manchmal helfen auch ganz besondere Bojen dabei, den Weg über das Wasser zu finden. Sie können nämlich nicht nur beschriftet sein, sondern bei schlechter Sicht auch ihren Dienst als Glocken-, Heul- oder Leuchtboje versehen. Die gab es in den Jahren nach dem Zweiten Weltkrieg noch nicht. Und so beorderte der Kapitän eines Muschelkutters bei sehr dichtem Nebel zwischen Dagebüll und Föhr zwei Männer an den Bug. Obwohl sie angestrengt Ausschau hielten, der Kapitän sehr langsam fuhr und das Nebelhorn immer wieder betätigte, passierte ein Unglück. Plötzlich tauchte ein Dampfer der W.D.R. aus dem Nebel auf. Der Kapitän riss das Steuer herum, aber nicht nach Steuerbord wie vorgeschrieben, sondern nach Backbord. Drei Männer kamen ums Leben, und der Kapitän musste sich vor Gericht verantworten. Alle Frauen der vielen Männer, denen er auf diese Weise das Leben gerettet hatte, erschienen zur Verhandlung, um den Kapitän zu unterstützen, der letztendlich freigesprochen wurde.

Was heißt schon „Fahrrinne mit 60 Metern Breite“?
Vor der Insel Amrum war sie im Jahr 2006 sogar nur 30 Meter breit. Manche Schiffe brauchen aber mit ihrer Breite von 15 Metern schon die Hälfte der Fahrrinne. Ohaueha!

Bäume für die Seehunde vor Dagebüll?

Wenn die Fähre vor Dagebüll auf den Hafen zusteuert, sieht man Birkenbäumchen oder Stangen mit angebundenem Buschwerk im Wasser stehen. Sie sind bis zu acht Meter lang und ganz fest in den Wattboden hineingesteckt worden. Trotzdem neigen sich manche schon ein bisschen zur Seite, und so einige Passagiere werden sich fragen, was da denn eigentlich für komische Besen im Wasser herumstehen. Und so fragten wissbegierige Kurgäste eines Tages einen alten Schipper. Der wusste ganz genau Bescheid: „Nee, nee dat sind keen Bööm för de Seehunde . Un Bessen sind dat ok nich. Dat sind Graffsteene. Dor, dor und dor sind nämlich Schosteenfegers versaapen."

„Pricken" nennen wir an der Küste diese Zeichen, deren Namen soviel bedeuten wie „Stange, Stachel, Spitze". Von Zeit zu Zeit müssen sie an einem anderen Platz in den Wattboden gesteckt werden, weil sich die Lage der Wattströme und damit auch die Fahrrinne im flachen Wasser vor Dagebüll immer wieder verändern kann. Das kann auch mit dem Wetter zusammenhängen. So heißt es um 1910 über die Nordsee vor Hamburg: „Nachdem wieder Eisbildungen eingetreten sind, kann vorläufig auf die richtige Lage der Fahrwassertonnen und die Vollständigkeit der Pricken nicht gerechnet werden."

Weniger mit Eisgang, aber öfters mit dem Ostwind haben die Kapitäne der Fähren zu kämpfen. Der Ostwind treibt das Wasser nämlich viel weiter raus als sonst. Da kann es dann dochmal passieren, dass die Fähre festsitzt, obwohl z. B. die „Uthlande" nur einen Tiefgang von 1,75 Meter hat.

Hallig Dagebüll

Kurios: Im Jahr 2018 verließen 927 Menschen Föhr mit dem Schiff, die nach der Statistik der W.D.R. aber gar nicht eingereist waren. Wie kamen sie auf die Insel? Lösung des Rätsels: Mit dem Flugzeug oder von Amrum über's Watt.

Ansonsten aber gibt es nur einen Weg nach Föhr: Ab Dagebüll mit dem Schiff übers Wasser. Das war allerdings längst nicht immer so. Alte Karten und Chroniken erzählen, dass das einstige „Dagboll" gar nicht zum Festland gehörte, sondern eine Hallig in der Nordsee war wie heute z. B. noch die nicht weit entfernte Hallig Oland. Fundstücke wie Kacheln von Öfen aus der alten Dagebüller Zeit erzählen von den Menschen, die dort lebten. Sie trieben Handel und lebten wohl in einem gewissen Wohlstand. Muschel- und Knochenfunde geben Hinweise auf ihre Speisen: Schafe, Schweine und Rinder. Die Küste lag zu dieser Zeit bei Deezbüll, das heute weit im Landesinneren liegt. Und doch fuhren von dort einst Boote und Schiffe in Richtung Föhr. Aber nicht über die offene Nordsee wie heute, sondern durch mehr oder weniger breite, verschlungene Wasserwege.

Nachdem die zwei Groten Mandränken von 1362 und 1634 viel Land für immer in der Nordsee verschwinden ließen, begann der Mensch, es sich Stück für Stück wieder zurückzuholen. Das dauerte Jahrhunderte, und oft mussten sie nach großen Sturmfluten wieder von vorne anfangen. Man sagt: „Dieses Volk hat sein Land nicht erobert, sondern geschaffen." Und dabei mussten alle mithelfen. „Wer nich will dieken, de mut wieken", sagt man an der Küste. Dieser Satz hat zwei Bedeutungen: Wer keinen

Hallig im Sturm – So könnte es vor langer Zeit auch in Dagebüll ausgesehen haben

Deich baut, muss vor der Nordsee zurückweichen. Oder: Wer der Gemeinschaft nicht mit Arbeitskraft und Geld beim Deichbau hilft, darf nicht bleiben.

In den ersten Jahren nach 1700 gelang es, die Hallig Dagebüll endgültig einzudeichen und das Land dauerhaft vor der Nordsee zu schützen. Es war der Dagebüller Koog entstanden. Er ist einer von 170 Kögen, die es in Nordfriesland gibt. Im Laufe der Jahrhunderte wurde in Nordfriesland immer mehr Land vor dem Deich zur Nordsee hin (Vorland) neu eingedeicht. Und so sehen wir auf der Fahrt durch die falsche Marschlandschaft Nordfrieslands manchmal Deiche, die inzwischen mitten im Land stehen. Vor langer Zeit aber lag hinter ihnen die Nordsee.

Noch frühere Spuren

Nach der zweiten Groten Mandränke von 1634 versuchten Holländer, in der Gegend von Dagebüll Land einzudeichen, um dort zu leben. Aber selbst diesen Fachmännern des Landgewinns gelang es nicht, den „Blanken Hans“ zu besiegen. Sie verließen Nordfriesland wieder und kehrten in ihre Heimat zurück. Eine holländische Tabakspfeife, die man bei Ausgrabungen fand, ist eine letzte Spur von ihnen.

Eigene Notizen:

Wer ist Frau Uthlande?

Es heißt zwar *das* Schiff, aber die Schiffe der W.D.R. heißen z.B. *die* „Uthlande" (außerhalb des Landes, vor dem Deich) und *die* „Schleswig-Holstein". Männer, die besonders witzig sein wollen, behaupten: Schiffe sind weiblich, weil sie, wie angeblich Frauen, launisch, kurvig, teuer in der Anschaffung und im Unterhalt sind.

Richtig ist, dass Schiffe für Völker, die lange, lange vor unserer Zeit lebten, immer weiblich waren. Auf einem Schiff fühlten sie sich nämlich ähnlich geborgen wie in einer Wiege (*die* Wiege) oder vor der Geburt im Leib ihrer Mutter (*die* Mutter). Und so sagt man bis heute *die* „Uthlande", auch wenn keine bestimmte weibliche Person hinter dem Namen steckt. Eine Frau Uthlande gibt es also nicht.

Aber es existierte eine Ausnahme. Ein 1913 gebautes Schiff wurde auf Wunsch des deutschen Kaisers, der sich selbst als Imperator (Oberfeldherr) bezeichnete, offiziell nach ihm und damit als *der* „Imperator" bezeichnet. Die Menschen kümmerte das wenig, sie sagten weiterhin *die* „Imperator".

Die erste Autofähre der W.D.R., die zu Beginn der 1960er Jahre zwischen Dagebüll und den Inseln fuhr, war *die* „Pidder Lyng", benannt nach einem nordfriesischen Volkshelden, der sich gegen den zinseintreibenden dänischen Amtmann wehrte. Dessen Kopf tauchte er tief in heißen Brei und bezahlte dafür mit dem Leben. „Lewer duad üs Slaav!" soll er noch gerufen haben. *Die* „Störtebeker", ein kleines Ausflugsschiff, erinnerte an einen Piraten, der einst die Meere unsicher machte und dafür am Galgen endete. *Die* „Albert Ballin" wurde 1911 nach

Fährenballett – Im Vordergrund die Uthlande

dem Chef der Hamburger Reederei „Hapag" (Hamburg-Amerikanische Packetfahrt Actien-Gesellschaft) benannt, der sich 1918 das Leben nahm. Und dann gab es bei der W.D.R. noch *die* „Kapitäne Christiansen", die nach dem Zweiten Weltkrieg zeitweise umbenannt werden musste, weil zwei der drei Namensgeber zu den führenden Nationalsozialisten gehört hatten. Irgendwann sorgte auch der Schiffsname „Rungholt" für ungute Gefühle. Schon nicht mehr als Ausflugschiff für die W.D.R. fahrend, sank *die* „Rungholt" 2005 bei der Überführung von Tönning nach Bremerhaven während eines Sturms. Zu dieser Zeit trug eine der W.D.R.-Fähren den gleichen Namen, der ja an eine untergegangene Insel erinnert. Vielleicht wurde es denen von der W.D.R. dann auch irgendwann unheimlich, und so heißt die Nachfolgefähre nach einem

Seegebiet zwischen Amrum und Föhr nun „Norderaue“, und da stimmt sogar das „Die“.

Und wo sind die Frauen?

Allenfalls kleine Motorboote wie die „Freya“ oder „Louisc“, Frachtsegler wie die „Käthe Marie“ und „Anna“ erhielten einen weiblichen Namen. Das ist ungerecht!

„Christine“ hieß der schnittige Segler eines Wykers

In einem großen Bogen nach Wyk

Nur bei sehr hoher Flut kann man manchmal eine Fähre beobachten, wie sie sozusagen vom Wyker Hafen geradeaus rüber nach Dagebüll fährt und dann um einiges schneller ankommt als sonst. In der Regel aber wird die große Sandbank „Preester" in der ausgebaggerten Fahrrinne umfahren, um die Schiffe nicht auf Sand zu setzen. Wenn wir sehr niedriges Wasser haben, z.B. bei Ostwind, kann man vom Sandwall aus die große Sandbank deutlich erkennen. Warum sie allerdings den plattdeutschen Namen „Preester" (Priester) trägt, weiß niemand so genau.

Sandbänke gab's auch in der Schule

Auf einer Sandbank im wahrsten Sinne des Wortes, also auf einer mit Sand bestreuten Bank oder einem Tisch, lernten Kinder früher mit einem Stock das Schreiben. Und wenn es hieß „He mutt torüch na de Sandbank", dann hatte er zu wenig gelernt und musste die erste Klasse wiederholen.

Die Sandbank „Preester" liegt zwischen Föhr und dem Festland. Bei Ebbe kann sie manchmal mit Booten angefahren werden.

Wegweiser übers Meer

Eines ist mal klar: Auf See gibt es keine sichtbaren Wege und Straßen, und nach dem Weg kann man auch niemanden fragen. Wie also kamen die Seemänner früher mit ihren Schiffen an ein weit entferntes Ziel über das offene Meer, bevor es überhaupt einen Kompass gab? Die vorherrschenden Windrichtungen auf dem Meer, die Strömungen, der Himmel, die Sterne und die Sonne halfen ihnen auf dem offenen Meer weiter. So beobachteten sie, dass der Mast ihres Schiffes einen kürzeren Schatten warf, je südlicher sie fuhren bzw. länger wurde, wenn sie in Richtung Norden segelten. Zur Erinnerung an diese Zeiten der Navigation mit Hilfe der Natur und der Gestirne schmückten nordfriesische Seefahrer ihre Häuser gerne mit einer Sonnenuhr.

Einfacher und gefahrloser war es, sich mit dem Schiff an der Küste entlang zu bewegen. Allerdings mussten die Kapitäne auch dort vor Sandbänken, Strömungen und Felsen auf der Hut sein. Man bedenke: Die nordfriesischen Watten galten immer schon als eines der gefährlichsten Gewässer der ganze Nordseeküste! Sehr hilfreich konnten vom Schiff auszumachende Landschaftsmerkmale wie höher gelegene Küsten, Dünen oder Baumansammlungen sein. Auch künstliche Landmarken wie Leuchttürme, Mühlen, Kirchen, der Wyker Glockenturm oder auch der einstige hohe Schornstein der Wyker Ziegelei waren den Seemännern eine wertvolle Hilfe. Das allerdings auch nur, wenn Regen, Schnee oder Nebel nicht die Sicht beeinträchtigten. Noch heute kann man sie aus weiter Ferne vom Schiff aus erkennen.

Auch Menschen, die zu Fuß oder mit einem Pferdewagen durchs Watt von Föhr nach Amrum unterwegs waren, hatten die Landmarken stets fest im Blick. Unfälle durch sich plötzlich änderndes Wetter kamen immer wieder vor. So wurde 1911 ein Sammler von Seemoos im Watt von starkem Nebel überrascht und konnte den Weg zurück nicht mehr finden.

Im schweren Winter 1946/47 fror die Nordsee zwischen Föhr, Amrum und dem Festland zu. Die Inseln konnten nicht mehr mit dem Schiff versorgt werden. Schließlich wurde ein Weg über das Eis zwischen dem Dorf Midlum und Südwesthörn auf dem Festland gefunden und abgesteckt, so dass auch Lastwagen diesen Weg für Versorgungsfahrten nehmen konnten. Das klappte nicht immer, und so mussten einige Mitfahrende in einer Nacht den Weg zu Fuß fortsetzen. Die Leuchtfeuer von Amrum und Hörnum wurden für die durchfrorenen, ängstlichen Menschen zur Landmarke, auf die sie zulaufen bzw. beiseite liegen lassen sollten. Dann aber gerieten sie zu weit in Richtung Hörnum und zu weit weg von Föhr. Den Schornstein der Midlumer Meierei konnten sie in der Dunkelheit als Landmarke nicht erkennen. Aber ein Sternbild am Himmel, das sie fest im Auge behielten, leitete sie schließlich nach Föhr zurück.

Friesische Seefahrer und die Sonnenuhr

Noch heute befindet sich in Wyk am Haus in der Großen Straße 40 gegenüber dem Glockenturm im Giebel eine Sonnenuhr, die an die Kapitäne erinnert, die von dort einst auf die Weltmeere hinausfuhren.

Ist der Mond der Herr der Gezeiten oder die Sägefische?

Mond und Erde sind durchschnittlich 384 400 Kilometer voneinander entfernt. Und doch sorgt die gewaltige Anziehungskraft zwischen den beiden dafür, dass man am Strand nasse Füße bekommt, wo vor einer halben Stunde noch gar kein Wasser war. Gewaltige kosmische Kräfte sorgen für das ewige Geschwappe an der Nordseeküste. Die Anziehungskraft des Mondes bewirkt, dass sich die Meeresoberfläche auf der ihm zugewandten Seite nach außen wölbt. Es entsteht ein Flutberg, unter dem sich die Erde einmal am Tag hindurchdreht. Aber auch auf der mondabgewandten Seite entsteht durch Fliehkraft ein Flutberg, unter dem die Erde sich ebenfalls hindurchdreht. Dazwischen läuft das Wasser ab, es herrscht Ebbe. Also haben wir innerhalb von 24 Stunden zweimal Ebbe und Flut. Die Zeit von einer Flut zur nächsten oder von einer Ebbe zur nächsten beträgt zwölf Stunden und 25 Minuten, so dass die Flut jeden Tag 50 Minuten später kommt. Aber vielleicht ist das ja auch alles ganz anders, und die alten Seemänner haben Recht. Sie erzählen nämlich, dass Sägefische für Ebbe und Flut sorgen. Wenn sie sägen, dann flutet es, wenn nicht, dann läuft das Wasser ab.

Den Wechsel von Ebbe und Flut bezeichnet man als Tide und den Unterschied zwischen niedrigem und hohem Wasser als Tidenhub. In der Nordsee beträgt er ca. vier Meter – unter normalen Umständen. Das ist sehr wenig. In der Bucht von St. Malo vor Frankreich werden 14 Meter erreicht und an der Bay of Fundy an der Küste Nordamerikas sogar 18 Meter. Das ist der größte

Eine kleine, schon bewachsene Insel vor dem Deich von Greveling

Tidenhub der Welt. Und während die Nordsee bei Flut von den gewaltigen Wassern des Atlantiks gespeist wird, kann man in der Ostsee kaum einen Unterschied zwischen Ebbe und Flut feststellen. Wie kann das sein?

Die Ostsee ist mit den großen Wasserflächen der Erdkugel nur durch eine kleine Meerenge, den Kattegat, verbunden. So viel Wasser kann da gar nicht hindurchfließen, so dass der Tidenhub maximal nur zwanzig Zentimeter beträgt. Mehrere Jahrzehnte dauert es, bis das Wasser der Ostsee sich einmal komplett erneuert hat. Sie bewegt sich im Gegensatz zur Nordsee also viel weniger und bleibt deshalb auch oft sehr klar. Die Nordsee dagegen schiebt mit ihrer ständigen Bewegung Sandbänke und kleine Inseln auf und trägt sie wieder ab.

Vor „Klein Helgoland“ am Wyker Hafendeich ragten vor langer Zeit ein paar ganz kleine, mit Gras bewachsene Inselchen aus dem Meer, die im Volksmund den Namen „Klein Helgoland“ erhielten und dem Café und Restaurant später seinen Namen gaben.

Achtung, nicht nachmachen!
Es ist ganz einfach zu erkennen, ob es ebbt oder flutet. Wenn der ins Wasser geworfene Ball in Richtung Amrum verschwindet, dann läuft das Wasser ab. Wenn es flutet, kann man ihn im Wyker Hafen vielleicht wieder aus dem Wasser fischen.

Einfacher ist es, sich die Bojen genauer anzusehen. Neigen sie sich in Richtung Amrum, dann ... „Weetst Bescheed?“

Achtung, Seemannsgarn!
Der erste Mensch, der den Mond betrat, sagte: „Es ist ein kleiner Schritt für einen Menschen, aber ein großer für die Menschheit.“ Der dort oben am 21.7.1969 seinen Stiefelabdruck hinterlassen hat, hieß Neil Armstrong (1930-2012). Getroffen hat er niemanden während seines Aufenthalts, aber trotzdem wissen wir, dass der Mond bewohnt ist. Schließlich brennt da oben jeden Abend Licht.

Die Kinder kommen mit der Flut

An einem 13. August vor vielen Jahren fragte die Wyker Hebamme meinen Vater nach dem Wasserstand, nachdem meine Mutter schon einige Stunden mit mir in den Wehen lag. Das Wasser lief auf, und eigentlich wäre ich nun nach alter Inselweisheit dran gewesen. Die Wehen aber flauten seltsamerweise wieder ab. Schließlich gab die Hebamme mit Blick auf die bald einsetzende Ebbe ein wehenverstärkendes Mittel, um die Zeit des auflaufenden Wassers zu nutzen. Mir blieb also nichts anderes übrig, als mich auf den Weg zu machen.

Nicht nur an der deutschen Nordseeküste, auch in Mexiko und Japan hält sich bis in unsere Zeit die Ansicht, dass der Geburtstermin eines Menschen in Beziehung zu Ebbe und Flut steht. Und besonders die Menschen, die in so engem Kontakt zum Wasser leben wie die Insulaner, bestätigen diese Ansicht immer wieder mit Erzählungen aus ihrem eigenen Erleben. Auch Hebammen der Küste und Inseln bestätigten den Zusammenhang von Geburtsstunde und Tide. Wenn es ebbte, konnten sie sich Zeit lassen, das Kind würde erst mit der Flut kommen.

Kann der alte Glaube der Menschen mit Zahlen belegt werden? Ein Vergleich der Geburtenzahl in den drei Stunden vor Hochwasser mit derjenigen nach dem Hochwasser bringt eindeutige Ergebnisse: 736 zu 666. Aber: Das ähnliche Ergebnis zeigte sich auch bei Niedrigwasser. Es wurden eindeutig mehr Kinder in den drei Stunden vor der Wende des Wassers als danach geboren: 750 zu 623. Die Geburten nahmen nach diesen Untersuchungen also zu, wenn sich das Wasser wendete, egal ob bei Hoch- oder Niedrigwasser.

Aber wie kann dieses Phänomen erklärt werden? Ist es vielleicht der Mond? Schließlich steuert er ja auch Ebbe und Flut. Ein Zusammenhang zwischen seinem Erscheinen über dem Geburtsort und der Geburtsstunde aber konnte nicht nachgewiesen werden. Und so sind es vielleicht nicht kosmische Einflüsse, sondern eher örtliche Umwelteinflüsse wie meteoro-biologische Faktoren, die eine Rolle spielen.

Übrigens:
Ich ließ mir Zeit, kam 45 Minuten nach dem Hochwasser des 13. August zur Welt und gehörte damit nicht zur Mehrheit der Küstenkinder dieser Jahre, die in den drei Stunden vor der Wende des Wassers zur Welt kamen.

Bei Ebbe kocht die Milch nicht über
Davon sind viele Menschen auf den Inseln und Halligen überzeugt. Und sie könnten recht haben, denn mit dem Tidenwechsel tritt eine charakteristische Veränderung der Luft-Ionen ein, wie mehrere voneinander unabhängige Wissenschaftler beweisen konnten.

Manchmal schäumt das Meer – vor Wut?

Manchmal türmen sich riesige weiße Schaumberge am Strand, die der Wind immer wieder vor sich her treibt. Dieser Schaum ist nicht gefährlich, er stinkt ein bisschen und ist etwas klebrig. Das kommt vom Eiweiß, das die Schaumalge in sich trägt. Sie ist allerdings so klein, dass man sie gar nicht sehen kann. Erst wenn sie auf den Strand gespült und dabei zerstört wird, bemerken wir sie. Nun gibt sie nämlich frei, was sie in sich trägt: Eiweiß.

Es heißt, erfahrene Seemänner wie die Kapitäne, die zwischen den Nordseeinseln und Dagebüll hin- und herfahren, erkennen das Wetter am Seegang, an der Form der Wellen und an den Schaumstreifen.

Warum sollte das Meer vor Wut schäumen?
Weil wir das Meer äußerst schlecht behandeln. Man denke nur an die schwimmenden Fischfabriken, die Öltürme, die Jagd auf den Wal, Gift, Müll und die ungeheure Menge von Plastik. die in den Ozeanen treibt. Das Meer ist keine Müllkippe, trotzdem landen dort jährlich 30 Millionen Tonnen Plastik. 2014 schätzte man die Zahl der herumschwimmenden Plastikteile auf fünf Billionen mit einem Gewicht von 269 000 Tonnen. Und da soll das Meer nicht schäumen vor Wut? Einst fürchtete der Mensch das Meer, heute ist es umgekehrt.

Auf Föhr kann man der Nordsee ein ganz klein wenig helfen und die am Strand gefundenen Müllteile in extra dafür aufgestellte Behälter legen, die regelmäßig geleert werden.

Kunst von Maike Schulz

Die Insulanerin Maike Schulz unternimmt immer wieder ausgedehnte Strandspaziergänge und hat dabei inzwischen riesige Mengen von Plastikmüll gesammelt und entsorgt. Plastikschnüre, die so gefährlich für Vögel werden können, wirft sie nicht gleich in den Müll, sie fertigt daraus vielmehr mit der Häkelnadel kleine Kunstwerke. So entstehen Osterhasen, Ostereier, Weihnachtssterne, Blumen und vieles mehr. Und sie erinnert immer wieder daran, wie gefährlich die Plastikschnüre von Luftballons für Vögel sind, die sich daraus nicht mehr befreien können. Zum Müllsammeln am Strand sagt Maike Schulz: „Man rettet vielleicht nicht die Welt, aber wenn man einen Vogel rettet, hat sich die Mühe schon gelohnt."

Geisternetze

Niemand weiß mehr, wem sie gehören. Herrenlos schwimmen Geisternetze durch die Meere oder liegen am Meeresgrund. Gingen sie aus Versehen verloren oder hat man sie mit Absicht einfach im Meer entsorgt? Manche gingen auch mit einem Schiff unter und liegen nun auf dem Meeresgrund. Bis zu 10 000 Kunststoffnetze oder deren Teile sowie Angelschnüre oder Schiffstaue gehen jährlich verloren – und das nur in der Ostsee!

Da die ursprünglichen Eigentümer meist unbekannt sind und nicht belangt werden können, müssen sich andere Menschen um ihren Müll kümmern. Taucher steigen tief hinab zu den Wracks, lösen die praktisch nicht verrottbaren Netze ab und bringen sie zur Entsorgung an die Oberfläche. Eine riesige Harke ist eingesetzt worden, um die auf dem Meeresboden liegenden Netze zusammenzuholen.

Warum macht man sich diese Arbeit?

Leider sind die Netze gar keine Geister, man weiß nur nicht, wem sie gehören. Sie sind eine schwere Bedrohung für Tier und Mensch. In den Netzen verheddern sich Fische und andere Meeresbewohner. Und wenn das Plastik endlich zerfällt, wird es noch schlimmer. Kleinste, kleine und große Teile werden von ihnen gefressen. So verhungern Wale, obwohl sie einen vollen Magen haben – voll mit Plastik.

Wie war das früher?

Lange vor dem Einsatz von Plastiknetzen in den 1960er Jahren und vor den ersten Netzfabriken, die um 1870 entstanden, fertigten Seiler Fischernetze an. Auch war es die Aufgabe der Frauen, das Garn aus Hanf oder Flachs für die Netze zu spinnen, die die Männer dann selbst in Handarbeit knoteten, färbten, nach dem Fang zum Trocknen aufhängten und auch reparierten. Manchmal sah man die Fischer im Hafen an Deck ihrer Kutter beim Flicken ihrer Netze sitzen. Nach einer glücklichen Rückkehr in den Heimathafen senkte sich abendliche Ruhe über die sorgfältige, stille Arbeit der Männer. Die Netze, an denen sie arbeiteten, bestanden aus Naturmaterialien. Wenn einmal eines verlorenging, löste es sich im Meer auf und blieb nicht wie die Kunststoffnetze über Jahrhunderte erhalten.

Der Seyler
Ich bin ein Seyler/ der zum theil/
Kan machen die langen SchiffSeyl/
Auch Seyl zum bauw/ dran man allein
Aufziech Mörder/ Zimmerholz und Stein/
Ich kann auch machen Garn und Netz/
Zur Jägerei und zu der Hetz/
Darzu auch FischNetz/ groß und klein/
Sonst auch allerley Strick gemein.

Schiffstau der „Norderaue"

Wer ist der „Blanke Hans“?

Vielleicht ist es so gewesen: Vor langer, langer Zeit, nämlich um 1630, soll ein Deichgraf nach Fertigstellung eines neuen Deiches hinaus in die Nordsee gerufen haben: „Trutz nun, Blanker Hans!“ Er hatte der Nordsee damit einen Namen gegeben, sie als Person herausgefordert, sich gegen den neuen Deich zu werfen. Sie ließ sich nicht lange bitten. Wenige Jahre später, bei der zweiten Großen Mandränke 1634, brach der Deich.

Etwa 250 Jahre später lebt der Dichter Detlev von Liliencron (1844-1909) für kurze Zeit auf der Insel Pellworm. Er kennt die Geschichte der Insel Rungholt, die bei der ersten Großen Mandränke 1362 unterging und er hat die Nordsee jeden Tag vor Augen. Liliencron weiß, dass sie ein Ententeich sein kann oder in ihrer entfesselten Macht ein Ungeheuer mit „weltvernichtender Wut“.

Gedanken, Erinnerungen, Erfahrungen und wohl auch Ängste fließen ein in sein Gedicht „Trutz, Blanke Hans“. Auf historische Genauigkeit darf man seine Zeilen nicht prüfen, aber sie wirken gewaltig – und das ganz besonders in Dämmerstunden bei einer Tasse Tee, wenn der Wind aus Südwest kommt und das Wasser zu den nordfriesischen Insel treibt.

„Heut' bin ich über Rungholt gefahren,
die Stadt ging unter vor sechshundert Jahren.
Noch schlagen die Wellen da wild und empört,
wie damals, als sie die Menschen zerstört.
Die Maschine des Dampfers schütterte, stöhnt,
aus den Wassern rief es unheimlich und höhnte:
Trutz, Blanke Hans.“

„Mandränke" heißt „Menschenertrinken"
An die zwei großen Mandränken von 1362 und 1634 und ihre vielen, vielen Opfer erinnert eine Plastik in Form zweier großer Wellen an der Wyker Strandpromenade vor dem Stockmannsweg.

Der „Blanke Hans" überflutet den Wyker Hafen, ein Verkehrsschild guckt gerade noch aus dem Wasser

Die Nordsee friert nur selten

Es gibt immer mal wieder Jahre, in denen sich die Gäste über Weihnachten und Silvester über etwas ganz Besonderes freuen, das nur selten vorkommt. Die salzige Nordsee friert stellenweise zu und bildet so viele Eisschollen, dass die Fähren nicht mehr zum Festland fahren. Niemand kommt nach Dagebüll, alle müssen auf der Insel bleiben. Halleluja, das ist höhere Gewalt. Sie zwingt die Gäste, auf Föhr zu bleiben. Nach Hause fahren und wieder arbeiten gehen ist erstmal nicht. Das allgemeine Bedauern hält sich in Grenzen.

Schollen schippern. Achtung, Lebensgefahr!

Ein kleines Experiment macht deutlich, warum die salzige Nordsee so selten zufriert. Man nehme: zwei Eiswürfel auf einem Teller und einen Teelöffel Salz. Der eine Eiswürfel wird mit Salz bestreut, der andere nicht. Ergebnis: Das Salz lässt den einen Eiswürfel viel schneller schmelzen als den anderen. Salz lässt Eis nämlich tauen, darum wird es im Winter ja auch auf vereiste Straßen gestreut. Anders herum: Wasser aus der Leitung beginnt bei etwa null Grad zu gefrieren.

Bei Salzwasser dauert das länger. Und so ist es immer etwas Ungewöhnliches, wenn die Nordsee zufriert. Dann ist es nämlich wirklich richtig kalt. Bei der Ostsee geht das schneller. Warum? Klar, sie hat einen viel geringeren Salzgehalt als die Nordsee.

Schollen schippern

Der Wyker Feuerwehrkommandant und seine Männer standen um 1940 an Deck eines Dampfers und spähten angestrengt auf die vorbeiziehenden Eisschollen. Dichter Nebel behinderte die Suche nach zwei vermissten Wyker Jungen, die beim Schippern (fahren) mit den Eisschollen von der Strömung hinausgetrieben worden waren. Nebelhorn und lautes Rufen: keine Reaktion. Sie fuhren bis Amrum und kehrten schließlich ergebnislos in den Wyker Hafen zurück. Später erzählte man sich, die zwei Jungen seien klitschnass am Südstrand an Land gegangen. Wer sie waren, hat man nicht erfahren.

Achtung, nicht nachmachen!

Eigene Notizen

Die Nordsee leuchtet

Eine Insulanerin erzählt aus ihrer Kindheit: „Als wir eines Abends mit der Karre zum Strand gingen, um gut verstecktes Strandholz zu holen, da erschraken wir, als wir das Holz anfassten, denn Holz und Hände glitzerten grün-silbern. Auch auf dem Tang, wo wir liefen, sah man unsere Fußspuren, und wo sich die Wellen auf dem Sand überschlugen, da schäumte das Wasser silbern leuchtend auf. Da hielt es uns nicht länger, wir zogen uns aus und rannten in diese Wunder hinein. Wir warfen mit den Händen Wasser hoch, das glitzernd über und hernieder lief und unsere Körper leuchten ließ."

In einer Dose nehmen die Kinder etwas Nordseewasser mit nach Hause. Dort „hat Großmutter uns dann in diesem Wasser winzige Gallertkügelchen gezeigt." Das sind die höchstens einen Millimeter großen Meeresleuchttierchen, die mit ihrem Phosphoreszieren dieses einzigartige Naturschauspiel hervorrufen. Wenn sonniges und ruhiges Sommerwetter herrscht, befinden sich in der Nordsee genügend Algen, von denen sich die kleinen Gallertkügelchen ernähren. Dabei können sie sich so stark vermehren, dass sie zu Millionen und Abermillionen das Meer leuchten lassen.

Meeresleuchten auf den Weltmeeren

Die Seeleute vergangener Jahrhunderte konnten sich das Meeresleuchten noch nicht erklären und hatten Angst vor dieser eigenartigen Naturerscheinung. Wohlmöglich waren irgendwelche unbekannten Bewohner des Meeres am Werk?

Ein Gruß aus dem hohen Norden

Die gleiche Insulanerin, die vom eher seltenen Meeresleuchten erzählt, hat in ihrer Kindheit sehr viel öfter das Nordlicht in ganz verschiedenen Farben und Formen von Föhr aus gesehen: „Meistens schossen gelbliche Pfeiler hinter einer Wolkenbank im Norden hervor und bis zum Zenit hinauf. Einmal schien es, als hingen gelb-grüne Gardinen vom Nordhimmel in unregelmäßigen Falten herunter. Einmalig war ein Nordlicht, das als sehr großes rotes Rechteck am Westhimmel stand und dann allmählich immer blasser wurde, während von Norden her Pfeile zum Zenit hinaufblitzten."

Am dunklen Himmel über der Insel war das Polar- oder Nordlicht damals gut zu erkennen, während es bei den immer heller erleuchteten Nächten zunehmend schwieriger wird, dieses Naturschauspiel zu beobachten. Das Nordlicht entsteht durch so genannte Sonnenwinde. Das sind elektrisch geladene Teilchen, die von der Sonne ausgesandt werden und dann auf die oberen Schichten der Erdatmosphäre treffen. Dort bringen sie Teile der Luft zum Leuchten. Und weil solche Lichtspiele vor allem in den Polarregionen auftreten, sprechen wir vom Nordlicht.

Ein anderes Lichtschauspiel

Mit ein bisschen Glück erlebt man in der Stille eines frühen Morgens mit dem Sonnenaufgang hinter den Halligen einen rot gefärbten Himmel über der Nordsee. Und wenn dann noch eine der ersten Fähren über das Wasser gleitet, fallen uns vielleicht die Dichterworte ein: „Und zwischen zwei Herzschlägen glauben, jetzt ist Frieden."

Wem das zu früh ist, begibt sich am Abend an das andere Ende der Insel, an den Utersumer Strand, und schaut der Sonne zu, wenn sie hinter Amrum in der Nordsee versinkt.

Der Dichter Heinrich Heine (1797-1856) kannte sich aus:

„Das Fräulein stand am Meere
Und seufzte lang und bang,
Es rührte sie so sehre
Der Sonnenuntergang.

Mein Fräulein! sei'n Sie munter,
Das ist ein altes Stück;
Hier vorne geht sie unter
Und kehrt von hinten zurück."

Morgenröte vor Föhr

Föhr, Insel im Wind

Wind ist eine Luftbewegung. Im Gegensatz zu den Winden, die z. B. beim Auto- oder Fahrradfahren entstehen und als „relativ“ bezeichnet werden, wird die Luftbewegung, die mich ergreift, als ich um die Ecke zum Sandwall biege, als „wahrer Wind“ bezeichnet. Kein Zweifel, denn die Eis- und Teekarte meines Lieblingscafés kommt mir schon entgegen gewirbelt. Zack, ich hab’ sie. Da kommt noch eine. Zack, die hab’ ich auch.

Es ist ein leicht diesiger, sonniger Nachmittag. Der sehr warme Ostwind hält den Sandwall und seine Gäste in Bewegung. Die fest zusammengeschnürten Sonnenschirme auch. An ein Aufspannen ist nicht zu denken. Die hochgewehte Tischdecke bändigend und den zwei eingefangenen Eis- und Teekarten unter meinem Sitzkissen einen festen Halt gebend, überlege ich, ob es für eine Waffel mit Puderzucker nicht viel zu windig ist. Ich bestelle sie trotzdem.

Die Blätter der Bäume rauschen im Wind, die Leinen der Flaggen hauen gegen den Mast, Kinderrufe nimmt der Wind mit. Ich sitze und lausche den Geräuschen des „wahren Windes“. Der Kellner bringt mir ein Kännchen Tee und eine Waffel mit Puderzucker. Das Stövchen kann er gleich wieder mitnehmen, die kleine Flamme hält dem Wind nicht einmal Sekunden stand. Es kommt, wie befürchtet: Der Puderzucker auf der Waffel fliegt nach rechts weg, dafür kommt Zigarrenqualm von links – und das in dieser frischen, prächtigen Luft! Der Wind trägt Gerüche und Geräusche weiter, eben fliegt wieder eine Eis- und Teekarte davon, ihr folgt eine Serviette des Nachbarcafés, und ich denke mit einem Mal ganz ver-

Die Wyker Mühle hinter dem 2006 neu angelegten Park an der Mühle

gnügt: Nein, so direkt stürmisch ist es nicht – solange meinem Nachbarn nicht der Cappuccinoschaum von der Tasse wegfliegt.

Venti amica

Nicht weit entfernt vom Sandwall steht die Wyker Mühle. Von ehemals viel mehr Mühlen gehört sie mit ihren Schwestern in Wrixum, Borgsum und Oldsum zu den letzten auf der Insel. „Venti amica", eine Freundin des Windes ist die 1879 erbaute Wyker Mühle. Bis 1896 wohnte dort die Föhrer Heimatdichterin Stine Andresen (1849-1927) mit ihrem Mann, dem Müller Emil Andresen.

Das Wattenmeer schnackt

Im Jahr 47 nach dem Beginn unserer modernen Zeitrechnung reiste ein Römer und Geschichtsschreiber namens Plinius ins Nebelland. So nannten Völker aus den südlichen, warmen Gefilden, die bis in unsere Regionen vordrangen, die für sie unwirtliche Gegend mit ihren undurchdringlichen, dunklen Wäldern, den tiefliegenden, vom Nebel umgebenen Marschen und dem Seenebel, der wie eine Wand auf das Land zukam und alles zu verschlucken schien. Plinius stand ratlos vor den Wattflächen und fragte sich, ob das nun Land oder Meeresfläche sei.

Das Wattenmeer, zu dem Priele, Inseln, Halligen, Sand- und Miesmuschelbänke, Strände, Salz- und Seegraswiesen sowie Buchten und Flussmündungen gehören, existiert nur, weil es die Gezeiten gibt. Ginge das Wasser nicht etwa alle sechs Stunden zurück, käme das Wattenmeer nie zum Vorschein. In Deutschland gehört es zu den Bundesländern Schleswig-Holstein, Niedersachsen und Hamburg. Insgesamt aber liegt es entlang der dänischen, deutschen und niederländischen Küste und ist mit der Ausdehnung von 14 700 Quadratkilometern die größte Wattlandschaft der Erde. Das Watt in diesen Regionen ist einzigartig auf unserem Planeten – fast. Nur ein paar kleine Abschnitte vor der Küste Koreas sollen ihm ähnlich sein.

Das Wattenmeer kann man nicht nur sehen und – Vorsicht! – begehen und erforschen, man kann es bei ruhigem Wetter auch hören. Es scheint zu flüstern, zu wispern oder zu knistern. Wie kommt diese „Sprache“ zustande? Hören wir einem Wattführer zwischen Föhr und Amrum zu. Er erklärt, wer denn da „schnackt“: „In einem Quadratmeter Watt können bis zu 40 000 Schlickkrebse leben, die etwa sechs Millimeter groß sind. Zur Nahrungsaufnahme verlassen sie ihre vier bis sechs Zentimeter tiefen, u-förmigen Röhren und streichen mit ihren kräftigen, geborsteten zwei Antennen die Nahrung von der Oberfläche in ihren Bau hinein. Zwischen ihren Antennen befindet sich ein Wasserhäutchen. Und wenn das platzt, dann gibt es einen zarten Klick-Laut. Der tritt millionenfach auf, und so hören wir es knistern, wir hören das Wattenmeer „schnacken“.

Warnung!
Das Wattenmeer ist gefährlich. Das Wasser kommt auch nicht nur von einer Seite, wenn es flutet. Es kann passieren, dass man auf einmal mitten im Wasser steht und gerade noch durch einen schon ganz schön tiefen Priel zurück an Land kommt. Macht' es am besten so, wie wir Inselkinder es gelernt haben. Wenn man ins Watt hinaus will, geht man immer nur mit der Ebbe hinaus, niemals aber der Flut entgegen. Und immer rechtzeitig vor dem Einsetzen der Flut wieder an Land zurückgehen. Die Männer und Frauen von der DLRG raten, nur so weit ins Watt hinaus zu gehen, dass man bei normalem Tempo in zehn Minuten wieder am Ufer ist.

Eines dürfte sowieso klar sein:

Niemals ohne Wattführer von einer Insel zur anderen durchs Watt laufen!

Warum ist Hooge keine Insel und Föhr keine Hallig?

Die Halligen im nordfriesischen Wattenmeer, diese „schwimmenden Träume", wie der Husumer Dichter Theodor Storm sie einst nannte, liegen nur etwa einen Meter höher als das gewöhnliche Hochwasser. Das reicht aber, dass sie bei normaler Flut nicht überspült werden. Aber wann benimmt sich die Nordsee schon so, dass sich die Menschen auf den Halligen darauf verlassen können. Also immer sehen, dass man vor der nächsten Flut das Wichtigste eingesammelt hat!

Auch andere haben das Problem, zu wenig aus dem Wasser herauszuragen. Die Bezeichnung „hol" oder „hal" meint ein niedriges Land. Und daraus entstand nicht nur das Wort „Hallig", sondern auch „Holland". Halligen sind also flache Landstreifen aus Marschland mitten in der Nordsee. Im Gegensatz zu den Inseln Föhr, Amrum, Sylt, Nordstrand und Pellworm, die auf jeden Fall über längere Strecken einen Landesschutzdeich, so der offizielle Name, haben, verfügen die Halligen nur über einen niedrigen Sommerdeich. Ergebnis: Mehrmals im Jahr melden sie „Landunter". Was für „Landratten" ganz schrecklich aussieht, gehört für die Halligmenschen zum Alltag. Nun ragen zwar nur noch die Warften mit den Hallighäusern aus dem Wasser, und sie sehen „in ihren auf den Hügeln errichteten Häusern wie Schifffahrer aus", aber die Lage ist nicht bedrohlich.

„Ein armseliges Volk wohnt dort auf hohen Hügeln oder mit Händen gemachten Erdhaufen, welche die höchste bekannte Flut überragen", berichtet ein Reisender um 50 n. Chr. Die Erdhaufen, also die Warften,

Blick auf die Halligen

schützen die Menschen. Ihre Bezeichnung wird wohl hergeleitet von „werfen". So begann es nämlich gegen Ende des ersten Jahrtausends, als die Menschen kleine Hügel aus Kleie und Stallmist aufwarfen, um darauf ihre Behausungen zu bauen. Diese Wohnhügel sind ähnlich gebaut wie ein Deich: auf einen Sandkern folgt eine schwere Kleieschicht, die dann mit Grassoden belegt wird. Nach zweimaliger Erhöhung beträgt die Höhe der Warft von Hallig Oland um das Jahr 2000 etwa 4,20 Meter über dem gewöhnlichen Hochwasser. Auf den dreißig Halligwarften der Nordsee leben z. Zt. etwa 230 Menschen.

Wenn es allerdings eine Sturmflut gibt, sind sie auch auf ihren Warften in Gefahr. Und wenn der „Blanke Hans" schon an der Haustür rüttelt, gibt es immer noch den speziellen Schutzraum des Hauses. Nach den Zerstörungen der Sturmflut vom Februar 1962 mussten viele Hallighäuser neu aufgebaut werden, und sie alle erhielten im Dachteil einen sicheren Fluchtraum, dessen tragende Betonpfeiler sehr tief in den Wattboden hineingehen. Da hat auch der „Blanke Hans“ keine Chance. Die Sturmfluten von 1976 und 1981 haben es bewiesen. Warften müssen ständig gewartet und immer wieder auch verstärkt werden. So wurde im Frühjahr 2020 der Schlick, den man vor dem Fähranleger Langeneß hochgeholt hatte, um den Weg für die Schiffe frei zu machen, erstmal auf der Hallig gelagert und dann zur Warftverstärkung verwendet.

Die zehn Halligen vor der Küste Schleswig-Holsteins sind weltweit einmalig. Als Wellenbrecher beruhigen sie die Nordsee, stabilisieren die Wattflächen und schützen die Festland- und Inseldeiche.

Alles klar?

Im Gegensatz zu Inseln verfügen Halligen über keinen Landesschutzdeich. Dafür haben manche Halligen wie Langeneß, Oland, Hamburger Hallig und Nordstrandischmoor und die Insel Sylt aber einen Damm zum Festland. Das war auch vor langer Zeit für Föhr geplant, aber daraus ist nichts geworden. Neptun sei Dank, sagen die Insulaner.

Hinter Langeneß liegt England

Von der Wyker Mittelbrücke sieht man in Richtung Osten genau auf die Hallig Oland. Auf der Warft, die von einem zusätzlichen Schutzdeich umgeben ist, stehen siebzehn Häuser, in denen etwa vierzig Menschen leben. Die Hälfte davon benutzt das Hallighaus allerdings als Zweitwohnung. Oland ist zusammen mit Langeneß die einzige Hallig mit einem Leuchtturm. Auf Oland steht nur ein sehr kleiner Leuchtturm – der kleinste Europas. Aber: Er hat ein Reetdach und leuchtet mit Einbruch der Dämmerung ganz besonders hell in die Nordsee hinaus.

Wenn wir mit den Augen ein Stückchen weiter nach Süden spazieren, sehen wir sie schon: die lange Nase. Von dem alten Wort „nes" (Nase) oder aus dem Zusammenhang mit „Nesse" (tief liegendes, angeschlicktes Land) erhielt die zehn Kilometer lange, aber nur 1,5 Kilometer breite Hallig wohl ihren Namen. Auf Langeneß kann man auch Auto fahren. In der Dunkelheit sieht man manchmal die Lichter von Warft zu Warft huschen. Vielleicht kommt einer vom Teepunsch, aber keine Sorge: Geschwindigkeitskontrollen gibt es nicht, ebenso keine Polizei, eine Tankstelle allerdings auch nicht. Und nu? Mit ihren achtzehn Warften begleitet uns Langeneß den ganzen Weg bis zum Südstrand, wo die Hallig fast, aber nur fast, mit Amrum zusammenstößt. Wo ist sie zu Ende? Da, wo der Leuchtturm steht. Der ist im Gegensatz zu dem von Oland (7,45 Meter) schon etwas erwachsener mit seinen dreizehn Metern Höhe, von wo seit 1902 sein Licht den Weg weist. Und der Amrumer Leuchtturm? Daran „is nich zu klingeln", wie man bei uns so sagt, der ist nämlich 42 Meter hoch. Und auf eine Briefmarke hat er es auch geschafft!

Richtige Hingucker und plietsche Köpfe bemerken, dass am Horizont hinter Langeneß auch noch Häuser, ja bei besonders klarem Wetter sogar eine Anlegestelle zu sehen ist. Richtig, das ist Hallig Hooge mit seinen zehn Warften. Und jetzt aufgepasst: Manchmal, aber nur bei wirklich sehr guter Sicht, kann man hinter Hooge und Langeneß sogar die Insel Pellworm erkennen.

Und noch ein ganz großes Stück weiter kommt dann eine viel größere Insel. Hinter Langeneß liegt nämlich England. Aber das kann nun wirklich keiner mehr sehen, egal, wie lange er die Lage peilt.

Ist das nur Insellatein?
Die Insulaner sagen, dass das Wetter schlechter wird, wenn die Halligen hoch und klar zu erkennen sind. Also, im umgekehrten Fall, wenn es eher diesig ist, kann auf einen neuen schönen Tag an der Nordsee gehofft werden.

Eigene Notizen:

Der „Blanke Hans“ überrollt die Halligen

„Hallig Hooge, den 4ten May 1825“ lauten Ort und Datum eines Schreibens meines Urururur-Großvaters. Er hieß Sievert Edleffsen und lebte von 1749 bis 1834 auf Hooge. Er war Schiffer und Bauer. Als „Rathmann“ hatte er eine bedeutende Position auf der Hallig. In seine Lebenszeit fällt die große Sturmflut von 1825, die auf der Flutsäule am Wyker Hafen bis heute den höchsten Metallring hat. Von Föhr stand damals Dreiviertel der Gesamtfläche unter Wasser. Wie mag es da erst auf den flachen, dem tosenden „Blanken Hans“ ausgelieferten Halligen zugegangen sein?

Mein Vorfahre Sievert Edleffsen war nicht unvermögend gewesen bis zu dieser Sturmflutnacht des 3./4. Februar 1825. In seinem Halligaus stand eine große Standuhr, englische Teetassen wurden benutzt, und an der Wand befand sich ein Fliesentableau. Nun, im Mai 1825 setzt der seit langem verwitwete Edleffsen ein „Verzeichnis, der durch die hohe Fluth ... beschädigten und weggespülten Gegenstände“ auf. Die Hälfte seines Wohnhauses ist

„Landunter“ auf der Hallig, nur die Warft ist noch nicht von der Nordsee überflutet

zusammengestürzt, und die Warft ist stark beschädigt. Die Standuhr und ein Schreibtisch sind beschädigt. Von den Fluten mitgerissen wurde fast das ganze Inventar: vier Tische, acht Stühle, ein Schrank, Bettzeug, Haus- und Stallgeräte, die englischen Teetassen, das Spinnrad, sechs Pfund Wolle, „30 Pfund Talg", Kleidung von ihm, seiner Tochter Margarethe (1788-1827) und deren zwei Söhnen, dazu mehrere Tonnen Winterkorn und Kartoffeln.

Die Not ist unvorstellbar. Es ist nichts mehr da, die Nordsee hat die Lebensgrundlage der Halligbewohner mitgenommen. Viele von ihnen ziehen auf die sichere Insel Föhr. Sievert Edleffsen gibt auch seine zwei Enkel dorthin, um ihnen eine Zukunft zu ermöglichen. Sie leben fortan im Haus eines Schulmeisters, in dessen Familie sie auch unterkommen. Einer von ihnen wird 1885 zu den Gründern der W.D.R. gehören: Sievert Broder Volquardsen (1820-1902).

So wird erzählt

Das Hallighaus des Lehrers wurde vom „Blanken Hans" in zwei Teile gerissen. Mit seiner Familie auf dem vermeintlich sicheren Dachboden kauernd, löste sich dieser vom unteren Teil des Hauses und wurde von der Nordsee mitgenommen. Der Lehrer und seine Familie trieben mit ihrem „Fahrzeug" an eine andere Warft und konnten sich in das dortige Haus retten. Erst jetzt bemerkten sie, dass eines ihrer Kinder fehlte. Es hatte sich auf dem anderen Dachbodenteil befunden. Die Flut nahm von dort auch die großen Heuballen mit – und auf einem saß das verloren geglaubte Kind! In die Fluten springend erreichte der Hausbesitzer das „vorbeifahrende" Kind und rettet ihm das Leben.

Der Regen kommt meistens von Amrum

„Mensch, die rammen die Brücke!“ ruft ein entsetzter Gast neben mir. Der Blick vom Wyker Sandwall geht direkt aufs Meer, auf die vor uns liegende Nordsee. Der Wind aus Südwest hat sie ordentlich hoch auflaufen lassen. Vom Geländer der Seglerbrücke ist nur noch ein kleines Stück zu sehen. Genug Wasser also, dass die Fähren „Uthlande“ und „Schleswig-Holstein“ mit ihrem ohnehin geringen Tiefgang fast zum Anfassen dicht an der Brücke vorbeifahren. Aufspringen während der Fahrt verboten!

Die Windmühlen des Festlands heben sich schneeweiß gegen den dunklen Horizont ab, an dem auch Hallig Oland gut zu erkennen ist. Ein Krabbenkutter lässt sich mit dem Flutstrom in den Wyker Hafen treiben. Ihm folgt aus Richtung Amrum eine große, dunkle, regenschwere Wolke. „Von Amrum is noch nie wat Ordentliches kamen!“ Das war die feste Überzeugung meiner Großmutter Agnes. Und die musste es wissen, lebte sie doch fast hundert Jahre auf Föhr.

Schnell treibt die Regenwolke weiter und verschont uns, ist schon auf dem Weg zum Festland. Soll sie doch dort ihre Wasserlast abladen! Nur ein paar Tropfen zerplatzen laut auf den Sonnenschirmen des Cafés, die zu Regenschirmen geworden sind. Die Wolken machen der Sonne Platz, jetzt brauchen wir unsere Sonnenbrillen. Aber nee, da kommt schon die nächste Regenwolke. Von Amrum, woher auch sonst?!

Wirt und Bedienung des Cafés lassen erstmal die Kaffeeportionen Kaffeeportionen und Torten Torten sein. Sie eilen von Tisch zu Tisch, um die Sitzauflagen der freien

Ein alter Föhrer Seemann mit Südwester

Stühle ins Haus zu holen. Aber da scheint auch schon wieder die Sonne. Kissen wieder auf die Stühle, Kaffee und Kuchen ausgeben an die Gäste. Die haben die Requisiten dieses Wettertheaters erstmal wieder zur Seite gelegt: Sonnenbrillen, Regenschirme. Mit den ersten Tropfen der nächsten Wolke brechen einige Gäste auf. Die große Frage: Regenschirme aufspannen oder nicht? Lohnt sich das? Bis man das geregelt hat, scheint schon wieder die Sonne. Und tatsächlich, der Regen verzieht sich endgültig Richtung Festland, von Amrum kommt kein Wolkennachschub mehr. Über Hallig Oland erscheint ein intensiv leuchtender Regenbogen, unter dem die „Uthlande“ und „Schleswig-Holstein“ Richtung Dagebüll fahren.

Südwest ist die Schlechtwetter-Ecke
Während uns der Ostwind meistens Niedrigwasser und eine längere Periode schöneres Wetter bringt, sieht es aus Richtung Südwest ganz anders aus. Das wissen alle auf Föhr: Von dort, wo der offene Atlantik hinter Amrum liegt, kommt das Regen- und Sturmwetter, kommen die Sturmfluten. Auch von Nordost kann der Wind ganz schön blasen, aber eine Sturmflut ist für Föhr unwahrscheinlich, denn das Wasser wird weggetrieben. Der Südwestwind aber treibt das Wasser auf die Inseln und Halligen zu.

Manche sagen, von dieser Windrichtung hat der Südwester, der wasserdichte Seemanns- oder Schifferhut mit breiter Krempe zum Abhalten des Spritzwassers seinen Namen.

Eigene Notizen:

Nach Amrum zu Fuß

Die Hauptstraße im nordfriesischen Wattenmeer, also der Wattweg mit dem meisten Verkehr, liegt zwischen Föhr und Amrum. Auf der fünf Kilometer langen Strecke sind im Sommer wöchentlich etwa tausend Personen unterwegs. Selbstverständlich gehen sie nicht allein, sondern stets zu mehreren, und vor allem: Niemals ohne einen Wattführer!

Wer zur Nachbarinsel Amrum zu Fuß gehen möchte, startet mit den anderen Wattläufern am Dunsumer Deich und kommt nach einer faszinierenden Wegstrecke, wo sich ja sonst der „Blanke Hans" ausdehnt, auf Amrum Odde an der Inselnordspitze an. Der Weg führt über eine Wattwasserscheide, sozusagen über einen Höhenzug im eigentlich flachen Watt. In den Tälern liegen Wasserrinnen, die Priele. Sie können manchmal hüfttief sein und sehr gefährlich werden. Mit einer Geschwindigkeit von acht Metern in der Sekunde kann das Wasser dahinjagen.

Der Wattrücken, also der Höhenzug, dagegen fällt bei jeder Ebbe trocken und kann für den Weg nach Amrum genutzt werden. Einst fuhren auch Wagen und Kutschen über diesen recht ebenen Weg von einer Insel zur anderen. Gekennzeichnet sind diese Wege durch die Nordsee nicht, weil sie sich sowieso ständig verändern. Das ist nicht nur eine Gefahr, sondern auch plötzliche Wetteränderungen. Regen, Gewitter oder plötzlich aufziehender Seenebel hat schon manchen in Lebensgefahr gebracht. Und nicht immer konnte man die verirrten Wattläufer retten.

Wir wissen von Pferden und Wagen, die im Schlick versanken, von viel zu schnell zulaufenden Prielen, unerklärlich Ertrunkenen und von Nebeln, die den Weg zurück unmöglich machten. Obwohl man die Rufe der Unglücklichen am Inselstrand hörte, konnte man sie nicht finden. Andere hatten Glück, eine Menschenkette vom Ufer hinaus ins Watt holte sie schließlich zurück.

Ein berühmter Wattläufer

1983 besuchte der damalige Bundespräsident Karl Carstens (1914-1992) mit seiner Frau Veronica (1923-2012) die Insel Föhr und ließ es sich als „wandernder Präsident" nicht nehmen, die ganz besondere Wanderstrecke, die nur alle sechs Stunden begehbar ist, abzulaufen. In Begleitung von 2500 anderen Wattläufern durchquerte das Ehepaar Carstens bei strahlendem Sonnenschein zu Fuß die Nordsee von Föhr nach Amrum.

Eigene Notizen:

Der Weg nach Rebbel

Vor langer Zeit, als das nordfriesische Wattenmeer noch nicht so aussah wie heute, soll im Süden von Föhr ein Ort mit dem Namen „Rebbel“ gelegen haben. Der Wyker Rebbelstieg war einst der Weg, der Stieg zum Ort oder zur Häusergruppe Rebbel, der in alten Registern von 1464 genannt wird und auf alten Karten noch verzeichnet ist.

Bis zum Jahr 1924 war der Rebbelstieg die südliche Ortsgrenze des kleinen Wyk, das auf der westlichen Seite von der Badestraße eingegrenzt war. Aber nur die östliche Seite der Badestraße gehörte zu Wyk, die andere zu Boldixum. Und damit nicht genug: Die Grenze lief auch noch mitten durch das Lokal „Haus der Landwirte“ in Richtung Hafen hindurch. So saß man also abends an manchen Tischen in Boldixum, an anderen in Wyk. Und dann, zu vorgerückter Stunde, kam der Wyker Nachtwächter und mahnte die Sperrstunde an. Ja, und nu? Ihr kennt die Geschichte? Plietsch, wie die Insulaner nun einmal sind, schoben sie Punschtassen, Gläser und Spielkarten über den Tisch auf die Boldixumer Seite, und es wurde noch ein langer, so richtig gemütlicher Abend.

Ein Meter Punsch

Im „Haus der Landwirte“ wurde besonders zu Zeiten des Wyker Jahrmarkts, wenn sehr viel los war, ein Meter Punsch ausgeschenkt. Und das ging so: Auf einem Brett von einem Meter Länge befanden sich mehrere Vertiefungen, in die ganz genau die Teepunschtassen hineinpassten. Und auf diese Weise gingen die leeren Tassen zum Wirt und kamen gefüllt zurück an den Tisch.

Gab ein kleines Ferkel Wyk seinen Namen?

Im Heft für Heimatkunde in der Klasse 3a der Wyker Grundschule hat die kleine Karin es vor langer Zeit aufgeschrieben:

Als der Ort Wyk immer größer wurde, sagten die Ratsherren: „Nun müssen wir endlich einen schönen Namen für unseren Ort haben.“ Eines Tages kamen die Ratsherren zu einer Besprechung zusammen, aber sie fanden keinen passenden Namen. Als sie auf ihrem Nachhauseweg den Sandwall entlang gingen, kam ein kleines Ferkelchen angeschwommen. Es war von einem Schiff gefallen, und nun schwamm es aus Leibeskräften, um sein Leben zu retten. Endlich war es auf dem Sandwall. Es sauste zwischen den Beinen der Ratsherren hin und her und rief immer wieder:“ Wiek! Wiek! Wiek!“ Da horchten die Ratsherren auf, und der Bürgermeister sagte erfreut: „Das Ferkel sagt uns ja den Namen. Wyk soll unsere Stadt heißen.“

Is das Tünkram oder nich?

Und wie!

„Wiek“ ist die Bezeichnung für eine flache Bucht, wo das Wasser zurückweicht. Dort, wo heute die Stadt Wyk liegt, gab es wohl schon vor langer Zeit eine Bucht. Im Jahr 1611 wird zum ersten Mal ein Ort, eine Häuseransammlung namens „bey de Wiecke“ erwähnt. Nach der zweiten Groten Mandränke von 1634 zogen viele Menschen, die auf den Halligen ihr Hab und Gut verloren hatten, in den kleinen Ort an der Bucht oder „by de Wyck“. Und der liegt ja ganz besonders geschützt vor der

Wyk liegt in einer kleinen Bucht

stürmischen Westseite im Osten der Insel. Und die liegt wiederum geschützt von Amrum, Sylt und den Halligen in der Nordsee.

Seit 1910 ist Wyk eine Stadt und der Hauptort von Föhr, der fünftgrößten Insel Deutschlands. Nach Sylt ist Föhr die zweitgrößte Insel Nordfrieslands. Über die Herkunft des Inselnamens wurde schon viel spekuliert. Vielleicht ist er ein Hinweis auf die Fahr- und Schiffbarkeit der Gewässer, die Föhr umgeben. Wörter, die in diesen Zusammenhang passen, sind „föhren" (fahren), „Fohrmann" (Fuhrmann), „Fohrtüch" (Fahrzeug).

Wie es denn nun auch ist, eines muss gesagt werden: Schon vor vielen hundert Jahren schrieb ein Kenner, Föhr sei „ein hübsche Insul."

Auch abends sagt man „Moin“!

Die haben wohl einen zu viel im Tee gehabt und den Überblick verloren! Wieso grüßen die Insulaner (und auch manche Gäste) sich auch am Abend mit „Moin!“ Tja, wenn man das so genau wüsste. Schlaue Köpfe, die sich mit Sprachen auskennen, weisen darauf hin, dass es dieses Wort auch in Schlesien und sogar in der Schweiz gibt. Es soll nach ihrer Meinung eine abgekürzte Form von „Morgen“ sein. Ja, darauf sind wir auch schon gekommen. Andere sagen, „Moin“ hätte mit der niederländischen Sprache und der Seefahrt zu tun. Es bedeute so viel wie „Ich wünsche Dir eine gute Fahrt, einen guten Weg.“ Da könnte was dran sein, weil dieser Gruß oder Wunsch ja nun auch zu jeder Tageszeit passt – und nicht nur für Seeleute.

Eines aber ist klar: Wer sich auskennt, sagt nur einmal kurz „Moin!“ Zweimal gilt als übertrieben und geschwätzig. Das können dann nur Badegäste oder Luftschnapper sein, die in der Nachsaison kommen.

Na denn, Moin!

Metallringe um einen Pfosten erzählen vom Leben an der Küste

Dieser 3,45 Meter hohe Pfosten am Wyker Hafen ist unsere Flutsäule. Sie besteht aus dem sehr harten, schweren, dunkelbraunen Bongossi-Holz des westafrikanischen Äquatorialwaldes. Warum man gerade dieses Holz von so weit her dafür verwendet? Es ist witterungsfest, und selbst Bohrmuscheln, die einst von der amerikanischen Ostküste über England zu uns in die Nordsee einwanderten, können ihm nichts anhaben. Mit raspelartigen Bewegungen kann sich die Bohrmuschel nämlich in festen Torf, Kleie und sogar Kreidegestein einbohren, aber nicht in unsere Flutsäule. Nun, die steht ja sowieso an Land. Aber nicht immer!

Und genau davon erzählen die Metallringe an der Flutsäule. Es war gar nicht so einfach, die anzubringen, nachdem Hafenmeister Manfred Then (1924-2002), der ein gelernter Zimmermann und Hobbyschnitzer war, sie fertig gestellt hatte. Nageln kann man dieses Bongossi-Holz nicht, nur bohren. Und so kam Metallring für Metallring um die Säule. Und wenn wir den Kopf in den Nacken legen, dann erkennen wir auf dem obersten Metallring die Jahreszahl 4.2.1825. Höher ist das Wasser, soweit die Menschen wissen, nie gestiegen. Diese Sturmflut überschwemmte dreiviertel der Gesamtfläche Föhrs. Im Dorf Oldsum stand das Wasser 80 Zentimeter hoch in den Häusern.

Und wer nun ein wenig weiter nach unten schaut, sieht den Metallring von 1962. Das war die so genannte „Jahrhundertflut“, wobei die Sturmflut von 1981 ein ganzes Stück höher stieg und fast die von 1825 erreichte. Die

Zur Hafenführung gehört die Flutsäule unbedingt dazu

Schäden aber hielten sich in Grenzen, denn die Menschen an der Küste hatten inzwischen hohe Deiche und andere Schutzmaßnahmen getroffen wie z. B. die Stöpe am Hafen, um die Innenstadt zu schützen. Aufpasser, die Wache hielten wie Hafenmeister Then, hatten damals ein Bett im Hafenamt und schliefen in gefährlichen Nächten dort. Und auch andere Inselmänner kamen auf einen „Sturmflut-Klönschnack", um fachmännisch-wichtig die Lage zu beurteilen. Es gibt Nächte, die erfordern gewisse „Opfer"!

Übrigens: Es ist lange nicht jede Sturmflut verzeichnet, dann hätten wir wahrscheinlich schon einen ganzen Wald von Flutsäulen. Die Frage ist nun, woher kannte man die Höhe des Wassers, nachdem es wieder abgelaufen war? Ganz einfach, neben dem Hafenamt an der Stöpe lag ein kleines, flaches Boot, mit dem ein Mann des Hafenamts hinüber zur Säule gelangte und den Wasserstand kennzeichnete.

Insider erzählen, dass auch Kutterkapitäne bei Hochwasser mit diesem Boot abgeholt wurden, damit sie ihre Skatrunde in einem der Hafenlokale nicht versäumten. Und bis die dann endlich alle Runden gespielt hatten, war das Wasser auch schon wieder abgelaufen, und sie gingen zu Fuß zurück an Bord. Das bleibt aber unter uns und wird nicht weitererzählt!

Eigene Notizen:

Ein kaputtes Schiff für Wyk

Ach, es gibt ja so viele wunderschöne Möglichkeiten, sich als Ort ein schönes Wappen zu geben. Und was haben wir Wyker? Ein kaputtes Schiff!

Aber der Reihe nach: Nach Wyk auf Föhr gelangt man nur fliegend oder schwimmend, wozu man am besten ein Schiff im „erbärmlichsten Nest" Dagebüll besteigt, wie Hans C. Andersen 1844 schimpfte. Aber Vorsicht, die W.D.R. hat bis vor kurzem noch Schiffe nach einer untergegangenen Insel, nämlich Rungholt, benannt, und die Wyker haben ein havariertes Schiff in ihrem Stadtwappen. Das kann man auf der Sturmflutsäule am Wyker Hafen sehen – alles keine guten Vorboten für eine Überfahrt. Und dann heißt es übersetzt auch noch unter dem Wappen: „Ungewiß ist, wohin uns das Schicksal führt". Oha, wenn dat man gut geiht!

Gemeint sind die Gefahren der Seefahrt, die in vergangener Zeit ganz außerordentlich wichtig war für Wyk. Die meisten Männer der Insel verdienten ihr Geld auf dem Walfang und später auf Handelsfahrten. In den Kirchenbüchern der Insel sind viele Männer verzeichnet, deren Schicksal es war, nie wieder nach Hause zurückzukehren. Man sagt: „Sie blieben auf See." Dieses Schicksal ereilte auch viele Männer von Hallig Hooge, deren Wappen zeigt allerdings einen goldener Anker mit silbernem Tau auf blauem Grund. Büsum schmückt sich mit einem rot-weißern Leuchtturm und einem blauen Krabbenkutter. List auf Sylt zeigt in seinem Wappen einen blauen Wal in blauen Wellen auf silbernem Hintergrund, darunter liegt ein Kompass auf grünem Grund, dessen Nadel auf den Wal zeigt.

Wappen von Wyk

Das Wyker Wappen zeigt ein havariertes Schiff ohne Segel mit abgebrochenen Stengen (Stangen, Mastverlängerung). Ja, so kann es kommen. Aber hat deshalb Bad Schwartau etwa ein kaputtes Marmeladenglas im Wappen?

Trotz des Sterns als Zeichen der Hoffnung im Wyker Wappen hatten die Stadtvertreter 1955 Bedenken und wollten Wyk gerne ein positiveres Symbol geben. Man entschied sich für ein seeklares Schiff als Zeichen des Aufbruchs. Hätte man lieber erst einmal die Bevölkerung gefragt, die nämlich heftig dagegen protestierte. Die im Jahr darauf neu gewählte Stadtvertretung beließ es bei dem alten Wappen.

Wyk macht die Türen zu

Wer kennt sie nicht, die Bilder von der so genannten „Jahrhundertflut" 1962, die einen Teil der Wyker Innenstadt unter Wasser setzte. Die wilde Nordsee hatte zu dieser Zeit noch freien Zugang zu den Häusern und Straßen, denn es gab noch keinen Innendeich wie heute, der die Stadt Wyk schützte. Wenn der Hafen überflutet war, lief das Wasser ohne Hindernisse in Richtung Hafen- und Königstraße, ja sogar die Große Straße hinauf.

Mit dem Neu- und Umbau des Wyker Hafens in den 1960er Jahren war klar, dass sich etwas ändern musste. Und so wurde im Rahmen dieser Maßnahmen nicht nur ein Deich zum Hafen gebaut, er bekam auch eine Tür, genannt „Stöpe", die bei drohendem Hochwasser geschlossen werden kann. So ist Wyk geschützt bei

Hochwasser im Wyker Hafen

Etwa auf Höhe des Autos befindet sich heute die Stöpe

Sturmflut. Und manchmal bleibt die Stöpe auch vorsichtshalber im Winter über Wochen geschlossen. Die nächste Sturmflut kommt bestimmt!

Auch an anderen Stellen, für die es bei Hochwasser gefährlich werden könnte, gibt es „Türen“ zum Zumachen, die man auf den ersten Blick manchmal gar nicht so leicht erkennt. So befindet sich direkt neben dem „Café Valentino“ eine ganz große Stöpe. Durch eine wesentlich kleinere geht man in Richtung Rebbelstieg und dann am „Aqua Föhr“ vorbei hinauf auf die Promenade. Und am Stockmannsweg in der Nähe der Plastik zur Erinnerung an die zwei „Groten Mandränken“ befindet sich noch einmal eine große Stöpe. Das ist die letzte in Richtung Südstrand. Warum? Der Südstrand liegt auf der nun höheren Geest und ist damit besser geschützt, wenn die Nordsee dort auch immer wieder ganz gewaltig

Ohne Stöpe gelangte das Wasser ein ganzes Stück die Große Straße hinauf

das Ufer und seine Befestigungen zerstört hat. Aber in die dortigen Straßen gelangt sie nicht. Es sei denn, die Insel geht unter.

Der neue Wyker Leuchtturm

Amrum hat noch immer den längsten, aber auch noch den schönsten Leuchtturm auf den nordfriesischen Inseln und Halligen? Seit 2020 gibt es eine nicht zu unterschätzende Konkurrenz auf Föhr. Mit dem Leuchtturm von Olhörn kann ja weder von der Höhe noch vom Design her groß angegeben werden. Und auf eine Briefmarke haben wir es schon gar nicht geschafft. Aber jetzt leuchtet und lacht ein rot-weiß gestreiftes Türmchen am Wyker Hafen den Ankommenden entgegen und ruht den Abreisenden nach „Komm' bald wieder!".

Der neue Hafenleuchtturm ist einer von nun insgesamt drei Küstenwegweisern auf Föhr. 1953 wird der Leuchtturm von Olhörn in Betrieb genommen, seit 1982 vergrößert ein so genanntes Leitfeuer von Nieblum aus die Sicherheit im Bereich Schmaltief und Norderaue vor Föhr. Hinzu gekommen ist nun der kleinere, dickere Bruder des Amrumer Leuchtturms am Ende der ehemaligen Alten Mole. Er steht dort, wo einst die erste Fähre der W.D.R., die „Pidder Lyng" anlegte – und zwar quer zur Mole, so dass die Autos um die Ecke auf Deck fuhren.

Abgesehen vom Helgoländer Verkehrszeichen für die Wasserstraße Nordsee (82 m), das ja auch nicht auf einer nordfriesischen, sondern auf Deutschlands einziger Hochseeinsel steht, bleibt der Amrumer Leuchtturm auch weiterhin mit seiner Höhe von 63 Metern an erster Stelle – und zwar an der ganzen Nordseeküste. Nur ganz knapp folgt ihm sein Kollege in Kampen (62 m), dann der in Hörnum (48 m) – noch so ein Biefmarken-Leuchtturm wie auch der von Pellworm. Drei von vier Pellwormer Leuchttürmen sind je 38 Meter hoch. Und dann kommt ’n ganzen Törn erstmal bis Dagebüll (21m) nichts mehr. Es folgen die Lütten auf Langeneß (13m), Föhr (8,60m) und Oland (7,45 m) – der kleinste Leuchtturm Europas.

Seit 1929 schickt der Oländer Leuchtturm sein sehr helles Licht aus einer seitlich angebrachten Art von Schifflaterne hinaus ins Wattenmeer. Sein kleines Reetdach bringt ihn für manche Fans in der Kategorie „Schönheit“ nahe an den Amrumer Kollegen. Aber auch ein anderer, inzwischen ausgedienter Dagebüller Mitbewerber (10 m) hat Chancen, ist er als umgebautes Minihotel doch ein echter Besuchermagnet mit langer Warteliste. Und nu’? Gar nicht so einfach, eine Entscheidung zu treffen. Und so wie für manche vielleicht auch der einsam stehende

Der neue Wyker Leuchtturm an der Hafeneinfahrt

Leuchtturm am Ende von Langeneß seinen ganz besonderen Reiz hat, findet jeder „seinen" und jede „ihren" ganz speziellen Leuchtturm. Vielleicht ist es ja der Neue auf Föhr!? Warum nicht einen Klappstuhl mitnehmen und ihm beim Schiffe gucken Gesellschaft leisten?

Warum braucht Föhr einen Leuchtturm,
es liegt doch nicht am offenen Meer?

Auch zwischen den Inseln und Halligen ist die Nordsee mit Vorsicht zu genießen. Strömungen, Untiefen, Nebel und andere Gefahren müssen die Männer am Schiffsruder stets im Auge behalten. Und dann ist es manchmal auch noch dunkle Nacht! Da helfen die Leuchtfeuer, wie man früher sagte, ganz entscheidend bei der Navigation und sorgen dafür, dass alle gut in den Heimathafen zurückkehren.

Der Leuchtturm bei Ohlhörn

Die grüne Pumpe

Nein, die grüne Pumpe in der Carl Häberlin-Straße steht nicht noch immer an ihrem Platz, weil Gäste sie so hübsch und romantisch finden. Oder vielleicht auch deshalb ein bisschen, vor allem aber erinnert sie an die „guten, alten Zeiten" in dem kleinen Ort Wyk, der einst ein Flecken und erst seit 1910 eine Stadt ist.

Bis 1970 soll die grüne Pumpe noch Wasser für die Anlieger gegeben haben. Wie viele andere Pumpen in den Straßen und Brunnen in den Höfen versorgte sie einst Haushalte und Ställe. Die Kanalisation machte sie alle überflüssig, so dass 1953 auch die Pumpe an der Ecke Süder- und Mühlenstraße abgebaut wurde. Von weitem erkennbar an ihrer hellgrünen Holzverkleidung, der weißen Mütze und dem schwarzen Pumpschwengel hatte sie für mehrere Generationen zum Alltag gehört. Bei der Pumpe hielt man einen kleinen Klönschnack, erfuhr das Neuste und traf Bekannte. Wäscherinnen und Hausfrauen trugen das Wasser in schweren Eimern weg, mancher nahm eine Handvoll zur Erfrischung, und über eine Holzrinne lief das Wasser direkt in einen der nahe liegenden Ställe.

Das Wichtigste aber war, dass das Wasser dieser Pumpe einen besonders guten, goldgelben Tee gab, der angeblich überhaupt nicht zu übertreffen war. Das Gleiche meinte auch eine Wykerin in der Großen Straße von ihrer Pumpe und sicherte sich mit dem Verkauf ihres Hauses vertraglich das Recht, weiterhin ihr Teewasser dort holen zu dürfen. Eigentümer der Pumpe Ecke Süder- und Mühlenstraße war der Pumpenverein, dessen Pumpenmeister von den sieben Aktionären gewählt wurde. Bei einem

*Die grüne Pumpe in der Carl Häberlin-Straße
mit dem einstmaligen Klingelmann Jens Jensen (1856-1944),
genannt Jens „Moos"*

kleinen Festschmaus besprach man die jährlichen Angelegenheiten. Das Geld für Reparaturen lieferte das Pumpengeld, das bei den übrigen Nutzern kassiert wurde.

Im Garten der Großen Straße 40 stand früher eine Pumpe mit einer geschnitzten und bemalten Holzsäule. Dort holten die Bewohner des Hauses ihr Wasser. „Anderes hatte man nicht. Das ‚Bad' hatte zwei Wassereimer, und daher auch die Treppe von Küche bzw. Bad zum Garten, wo die Pumpe stand", heißt es in den Erinnerungen alter Wyker.

1906 feierte man die 200-jährige Separation Wyks von Osterlandföhr mit einem Festumzug. Ehrenpforten, geschmückte Häuser und humorvolle Texte erzählten aus der Ortsgeschichte. So auch ein Text über die Pumpe an der Ecke Süder- und Mühlenstraße:

„Es wird gepumpt an dieser Stelle
Einhunderteinundvierzig Jahr
Das edle Naß aus dieser Quelle
Ohn' allen Unfall und Gefahr.
Alt und Jung sich herzlich labt an dem schönen Naß,
Selbst die Kurgäst' trinken gern aus dem vollen Faß,
Wäscherinnen, Straßenspritzer sind erfreut gar sehr
Halten unsere Pumpe höher als das große Meer.
Darum ist der Pumpenverein
Stolz auf seinen Gänsewein."

Woher kommt das Wyker Wasser?

Die Sturmflut von 1962 überflutete die nordfriesischen Halligen so umfassend, dass die Zisternen, in denen das Wasser für das Vieh (Fething) und das für die Menschen (Soot) gesammelt wurde, mit Salzwasser vollliefen. Eine der ersten Maßnahmen nach der Beruhigung des Wetters und der Nordsee bestand darin, die Menschen auf den Halligen aus der Luft mit Wasser zu versorgen.

Die Insel Pellworm wurde das ganze Jahr über mit zusätzlichem Wasser von außerhalb versorgt. Wasserschuten brachten 40 Kubikmeter. 1960 kostete ein Kubikmeter fünf Mark. Die schließlich 1964 verlegte Leitung von Oeversee war mit ihren 10 Kilometern die längste, die bis dahin in den Meeresgrund eingespült worden war.

Föhr ist von Wasserlieferungen unabhängig, weil sich eine riesige Süßwasserblase von 100 000 Millionen Kubikmetern unter der Insel befindet, die uns mit bestem Wasser versorgt, das den Tee unvergleichlich gut schmecken lässt. Und damit das so bleibt, überwachen sechzig Messstellen kontinuierlich den Grundwasserspiegel und die Qualität des Wassers. Bei uns auf Föhr sagen manche, das Wasser aus dem Wasserhahn schmecke besser als das aus der Flasche.

Ein absoluter Fan des guten Föhrer Wassers ist der Insulaner Nickels Peter Hinrichsen, bekannt als ehemaliger Kapitän des Segelschulschiffs „Gorch Fock“. Aus dieser Zeit erzählt er: „Um meinen geliebten Tee, feinen Darjeeling, in gewohnter Qualität kochen zu können, führe ich auf jeder Reise vier Kanister mit Föhrer Wasser mit.“

In Wyk gab es eine Reeperbahn

Reeperbahn! Das klingt nach Abenteuer, weiter Welt, Seemannslokalen, Shantys und „Damen des horizontalen Gewerbes". Das gab es auch einmal in Wyk, aber nicht so, wie Ihr nun wieder denkt!

Namentlich bekannt sind Reepschläger in Bremen seit dem Jahr 1261, in Hamburg vier Jahre später und in Stralsund seit 1282. Sie stellten schweres Seilwerk für die Schifffahrt her, und nicht so'n leichten Kram wie die Landratten es benötigten für Bauhandwerk, Landwirtschaft und Fischerei. Im Gegensatz zur ca. 50 Meter langen Seilerbahn benötigten die Reepschläger zur Herstellung ihres Tauwerks denn auch eine Reeperbahn von 300 Metern Länge. Wenn wir nun einen kleinen Gedankenspaziergang durch das alte, kleine Wyk unternehmen, taucht die Frage auf: Wo hat es denn da über-

Es gab sie wirklich: die Wyker Reeperbahn

haupt so eine lange Bahn oder Straße gegeben, auf der ein Reepschläger arbeiten konnte? Wenn wir uns aber jetzt an das nördliche Ende der heutigen Badestraße mit dem „Haus der Landwirte“ im Rücken stellen, dann können wir ganz schön weit in Richtung Süden sehen und noch viel weiter die lange Badestraße hinauf laufen.

Um 1850 soll es in Wyk zwei Reepschlägereien gegeben haben. Eine lag zwischen der Mittel- und Süderstraße, die andere auf der heutigen Badestraße. Die stellte bis zur Eingemeindung Boldixums 1924 die Grenze dar. Die Ostseite gehörte zu Wyk, die andere zu Boldixum. Und der Reepschläger, der dort wohnte, konnte diese Straße für sein Handwerk nutzen. Er legte eine Reeperbahn an, und das wurde auch der Name dieser Straße. Dann aber kamen immer mehr Sommergäste in das 1819 gegründete Seebad Wyk. Und wer wollte schon seine Urlaubsgrüße mit dem Absender „Reeperbahn“ nach Hause schicken?

Richtig Schwung kam in die Angelegenheit „Reeperbahn“ aber erst, als Dr. Karl Gmelin (1863-1941) um 1900 sein „Nordsee-Sanatorium“ gründete und schließlich 1912 eine Änderung dieses doch anstößigen Straßennamens beantragte. Dann kam der Erste Weltkrieg, und erst danach wurde aus der Wyker „Reeperbahn“ die „Badestraße“.

Und wie war das nun mit den „Damen des horizontalen Gewerbes“?

Die hätten allenfalls in den Häusern westlich der Reeperbahn Position beziehen können, denn auf der Wyker Seite endete der Ort unmittelbar an der westlichen Hauswand. Noch heute gibt es dort nur einen schmalen Fußweg, und früher hatten die Häuser zu dieser Seite angeblich nicht einmal eine Haustür. Schlecht für's Geschäft der „Damen"! Also, wenn überhaupt, dann waren das Boldixumerinnen, die da nach den Seeleuten Ausschau hielten, die ja immer wieder neue Taue benötigten und regelmäßig wiederkamen. In Hamburg war das so, aber hier auf Föhr weiß man nichts Genaues nicht. Allerdings, bevor mich nun der geballte Boldixumner Zorn trifft, sei es aus den offiziellen Akten zumindest für das Jahr 1873 zitiert: „Prostituierte sind in Wyk nicht." Zu dieser Zeit war Boldixum aber noch nicht eingemeindet. Erzählt das bloß nicht weiter!

Eigene Notizen:

Wer wohnte im Buschemannsgang?

Na ja, „wohnen“ ist vielleicht nicht der richtige Ausdruck. Klären wir am besten erst einmal, was das überhaupt für ein Gang ist. Der „Buschemannsgang“, wie Eingeweihte sagen, verbindet die Mittelstraße mit der Süderstraße. Er erinnert an die alten Wyker Zeiten, als es noch viel mehr solche schmalen Gänge zwischen den Häusern und Gärten hindurch gab. Im Zuge der Neubauten nach zwei verheerenden Stadtbränden (1857, 1869) verschwanden viele von ihnen. Sie wurden angrenzenden Grundstücken zugeschlagen oder zu richtigen Straßen erweitert. Die Angst vor einem neuen Feuer, das schnell über die schmalen Gassen von einem Haus zum anderen überspringen könnte, war groß.

In der Mittelstraße bei der Pumpe stehend, muss nun geklärt werden, wie der zur Süderstraße hinaufführende Gang zu seinem Namen kam. Was ist denn überhaupt ein „Buschemann“? Manche wissen es noch aus ihrer Schulzeit. Das sind diese frechen Kerle, die einst ihre Zopfenden von der Bank hinter ihnen ergriffen und ins Tintenfass tauchten. Später ließen die „Buschemänner“ auch mal „etwas mitgehen“, fielen vielleicht auf durch großen Durst und unangebrachte Muskeltätigkeit gegenüber Menschen und Dingen. Jetzt wissen wir eigentlich schon Bescheid, sehen aber noch mal nach im „Schleswig-Holsteinischen Wörterbuch“. Dort steht unter „Buschemann“: Das ist „ein durchtriebener Schelm, der zu allerhand losen Streichen aufgelegt ist“, vor dem man oder frau sich hüten muss.

Nun betreten wir den „Buschemannsgang“ und stehen auch gleich rechter Hand vor dem Haus mit der

Von der Mittelstraße durch Buschemannsgang zur Süderstraße

Nummer 18. Aber aufgepasst! Das ist die Süderstraße 18, denn der „Buschemannsgang“ gehört weder zur Mittelstraße noch sich allein. Und es gibt weitere Besonderheiten: Das Haus ist mit Reet gedeckt und hat die Maueranker 1863. Was daran so ungewöhnlich ist? Bitte nachlesen in dem Kapitel „Warum gibt es in Wyk so wenige Reetdachhäuser?“

In diesem Haus Süderstraße 18 wohnte einst der Wyker Gendarm, der für Buschemänner auch eine Zelle bereit hielt. Und so entstand der Name „Buchemannsgang“ des kleinen Verbindungsgangs, den manche auch „Swarte Loch-Gang“ nennen.

Ein Gefängnis für die Insulaner?

Um 1800, als wir noch zu Dänemark gehörten, lehnte es Wyk ab, für die Einrichtung eines neuen Gerichts in Tondern einen Beitrag zu bezahlen. Begründung: Auf Föhr gibt es keine Kriminalität. Für uns hätte man also auch das Gefängnis nicht gebraucht, aber es kamen immer mal wieder Besucher von Amrum ...

Häuser auf Wanderschaft

„Translozierung“ heißt es im Fachjargon, wenn ganze Häuser umgesetzt werden. Wir reden lieber von den wandernden Häusern, von denen es sogar auf der Insel Föhr und dort im kleinen Wyk einige gegeben hat.

Es geht los mit der nobelsten Adresse, die sich in den 1840er Jahren in Planung befand. Es war die so genannte „Königszeit“, die über einige Sommer durch den Aufenthalt des dänischen Hofstaats einschließlich ihrer Majestäten viel Geld in die Wyker Kassen spülte. Schon bald wurden Überlegungen angestellt, wie man denn einen so wertvollen Gast wie den dänischen König noch besser an das kleine Seebad binden könnte. Die Idee: „Wir schenken ihm ein Grundstück, auf das er sich en Schloss bauen kann, am besten in erster Lage direkt am Meer.“ Schon bald war ein geeignetes Stück Land etwa am Ende des heutigen Sandwalls gefunden, das allerdings einen kleinen Nachteil aufwies. Dort standen bereits drei Häuser. Aber das Glück war den Wykern hold. Zwei Häuser waren so marode, dass sie abgerissen werden konnten. Und das dritte Haus? Es wurde komplett abgebaut, begab sich auf die Wanderschaft und wurde in der Süderstraße 20 wieder aufgebaut. Dort steht es noch immer. Nur mit dem Schloss wurde es nichts, wie leicht zu erkennen ist. 1847 endete die „Königszeit“. Lange, lange danach erhielt Föhr im Dorf Nieblum doch noch ein richtiges Schloss, aber das ist eine andere Geschichte.

Das Wyker Rosenbeet mit der Stadtsäule war nicht immer ein Rosenbeet. Bis 1933 stand dort das kleine Haus von Caroline Hansen (1860-ca. 1930). In Wyk wurde sie „Line Kieck“ genannt und erbte damit den

Ökelnamen (Necknamen) ihres Vaters, der schielte, also irgendwie quer „kieckte". Das kleine Haus stand einigen Geschäftsleuten in der Nachbarschaft im Weg, sie wollten ihre Schaufenster besser zur Geltung bringen. Und so legten sie schließlich zusammen, ließen das Haus abbauen und in der Gartenstraße 10 wieder aufbauen. dort steht es immer noch.

Das auf dem Gelände des Friesenmuseums stehende „Haus Olesen" befand sich einst in Alkersum. In der ersten Hälfte des 20. Jahrhunderts war es so baufällig, dass es abgerissen werden sollte. Schließlich konnte es gekauft und auf dem Museumsgelände nicht nur wieder aufgebaut, sondern auch restauriert werden. Man fand im Zuge dieser Aktion einen Dachbalken mit der Jahreszahl 1617. Das allein sagt noch nicht viel, denn der Balken könnte ja vorher schon in einem anderen Haus verwendet worden sein. Aber schriftliche Quellen bestätigten, dass „Haus Olesen" aus dieser Zeit stammt. Damit ist es nicht nur das älteste Haus auf Föhr und den nordfriesischen Inseln, sondern in ganz Nordfriesland.

Ein Loch vor dem Ofen

Um den ebenerdigen Backofen unter dem Küchenherd besser erreichen zu können, wurde für die Hausfrau ein Sitzloch davor angebracht, in das sozusagen ihre Beine verschwanden und sie auf diese Weise mit dem Oberkörper auf Höhe des Ofenlochs saß. Schwarz- und Weißbrot, Halligknerken, Heißewecken, Pfeffer- und Schmalznüsse, Zwieback, Kneppkuchen , Rosinenbrot und andere Köstlichkeiten bereiteten die Frauen in diesen einfachen Öfen zu. Noch heute bieten die Inselbäcker diese Backwaren mit langer Tradition an, und auf dem Wyker Fischmarkt

Haus Olesen

verkauft Susanne Kröger ihre nach alten Rezepten (schon ihr Urgroßvater war Bäcker!) hergestellten Plätzchen. Und das Schöne, man darf vorher probieren!

Rätselhafte Jahreszahlen

Das Haus Große Straße 40 gegenüber dem Wyker Glockenturm steht imposant vor uns und ist allein von der Fassade her schon sehr interessant. Das Haus erzählt aus seiner Vergangenheit, wenn man die Zeichen zu lesen versteht.

Wir beginnen ganz oben im Giebel des Hauses, das angeblich das erste zweistöckige in Wyk gewesen sein soll. Während sich die anderen also noch möglichst dicht an den Erdboden duckten, um Wind und Wetter zu entgehen, saß man im Haus Christiansen schon mit schöner Aussicht beim Tee. Die Männer der Familie Christiansen fuhren zur See, und das erkennt man an der Sonnenuhr im Giebel. Friesische Seemänner schmückten damit gerne ihre Häuser.

Ein Stückchen weiter unten befindet sich heute ein kleiner Balkon, der den Platz einnimmt, an dem sich einst eine Galionsfigur als Schmuck des Hauses befand. Beim genauen Hinsehen erzählt das Haus, wer diesen Balkon einst anbrachte. Auf den Pfosten befinden sich die Initialen „JH" und „MH" für Jürgen genannt „Jülle" und seine Frau Margot Hartmann. Sie waren über Jahrzehnte das Wirtsehepaar des bekannten „Colosseums" nebenan, das 2009 abgerissen und durch Neubauten ersetzt wurde.

Das eindrücklichste Stilelement des Hauses am Glockenturm ist die für Inselverhältnisse wahrlich imposante Treppe. Einst holzfarben braun wurde sie später weiß angestrichen und damit richtig dominant. Wie gerne liefen wir Kinder immer die eine Seite hinauf und die andere hinunter. Wo hatte man denn schon eine solche Aussicht?! Die Idee zu dieser ungewöhnlichen Treppe

Galionsfigur, die sich einst am Haus am Glockenturm befand

brachte ein Seefahrer der Familie mit aus Amsterdam, wo er nicht nur die Brücken über den Grachten bewundert hatte, sondern auch die brückenähnlichen Zugänge zu den Häusern. Da das Geld zunächst nicht so reichlich war, wurde erst die eine Seite gebaut, später (1922) dann die zweite.

Zwanzig Jahre später, nämlich 1942, wurde die gesamte Treppe durch einen bekannten Wyker Tischlermeister erneuert – in Handarbeit. Und damit sind wir bei den rätselhaften Jahreszahlen in den oberen Pfosten der Treppe. 1942 erinnert an die Erneuerung der Treppe, und gleichzeitig wurde eine Kassette mit eingemauert. Sie enthielt eine „Föhrer Zeitung", eine Vorgängerin des heutigen „Insel-Boten", und eine Aufstellung, wo sich die männlichen Familienmitglieder zu dieser Zeit befanden. Es herrschte ja seit drei Jahren Krieg in Deutschland. Jahrzehnte später fand „Jülle" Hartmann die Kassette. Sie war zwar ungeöffnet, aber im Boden hatte der Rost ein Loch gerissen. Der Inhalt war zu Staub geworden.

Die Jahreszahl 1858 auf dem anderen Pfosten erinnert an den Wiederaufbau des Hauses nach dem großen Wyker Stadtbrand von 1857. Fast hundert Häuser und fast zwanzig Nebengebäude gingen in Flammen auf, so auch das Haus Große Straße 40. Die Familie Christiansen aber hatte noch Glück im Unglück. Am anderen Ende des Grundstücks zur Hafenstraße hin stand früher noch ein kleineres Haus auf dem Grundstück, in das einiges an Inventar gerettet werden konnte.

Nachgehakt

Manche macht die Jahreszahl 1942 stutzig. Zu diesem Zeitpunkt war seit drei Jahren Krieg. Wer lässt denn in solcher Situation ein so großes Treppengeländer erneuern? Hatten die keine anderen Sorgen?

Zwei Söhne Christiansen, Friedrich (1879-1972) und Karl (1884-1969), bekleideten hohe Positionen während der Zeit des so genannten „Dritten Reichs". Karl war ab 1943 Generalinspekteur beim Reichskommissar für die Seeschifffahrt und damit verantwortlich für die Bereitstellung von Schiffsraum im deutschen Machtbereich. 1945 bis 1947 inhaftierten ihnen die Briten in Neuengamme/ Hamburg.

Sein Bruder Friedrich Christiansen sorgte als Wehrmachtsoberbefehlshaber in den Niederlanden für die Deportation von 660 Männern zwischen 18 und 50 Jahren nachdem ein deutsches Wehrmachtsfahrzeug beschossen worden war und die Schuldigen nicht ausgemacht werden konnten. Das Dorf Putten wurde niedergebrannt. Von den 660 Deportierten, die ins KZ Neuengamme/ Hamburg oder ins Außenlager Ladelund/ Leck kamen, kehrten nach Kriegsende 120 nach Hause zurück.

Friedrich Christiansen wurde 1948 in den Niederlanden zu zwölf Jahren schweren Kerkers verurteilt, von denen er sechs Jahre absaß. Nach heftigen Diskussionen innerhalb der Stadtvertretung und der Bevölkerung sowie nationaler Aufmerksamkeit für den „Fall Christiansen" erhielt die 1932 nach ihm benannte „Friedrich Christiansen-Straße" 1980 wieder ihren alten Namen „Große Straße". „Wyk erlangte eine etwas zweifelhafte Berühmtheit", vermerkte der Heimatforsche und Stadtchronist dieser Jahre Dr. Heinrich Koops (1919-1994). Nachdem die Familie Christiansen selbst um die Umbenennung der Straße gebeten hatte, kam es zur erneuten Abstimmung. Koops: „Die Tatsache, dass sich die meisten Stadtvertreter (10) der Stimme enthalten hatten, hinterließ einen bitteren Nachgeschmack."

Idas Haus

Ein Johann Ohlsen Nordbeck aus dem dänischen Hoyer erscheint spätestens 1881 in den Kirchenbüchern von St. Nicolai in Boldixum. Ob er zu diesem Zeitpunkt mit seiner Frau selbst auf Föhr lebt, ist nicht erkennbar. Aber als Vater von Ida Catharine (1851-1893), die in diesem Jahr den Wyker Nommen Friedrich Lorenzen (1867-1921) von der Wyker Werft heiratet, wird er erwähnt.

Lorenzen ist Schiffbaumeister, und man sagt, er sei „de Baas“ (der Beste, der Meister, der Erste) von der Hellingwerft unten am Hafen auf dem Gelände des heutigen Rathauses. Und er ist beliebt bei den Wyker Schuljungs. Wenn sie ihn durch das Fenster ihres Klassenzimmers aus seinem Haus in der Carl Häberlin-Straße kommen sehen, hoffen sie inbrünstig, er möge nicht in Richtung Hafen abbiegen, sondern auf die Schule zugehen, die sich auf dem Grundstück der heutigen Stadtbücherei zur Mittelstraße hin befindet. „De Ohl“, Lehrer Christian Jens Christiansen (1847-1928), hat dann Mühe, im Klassenzimmer Ruhe zu halten. Und schon klopft es an der Tür. Er braucht mal wieder ein paar kräftige Jungs, die mit den anderen zusammen über eine Winde ein Schiff auf die Hellinge ziehen, also ins Trockene, wo Reparaturen vorgenommen werden können. Glückspilze, die mithelfen dürfen und nun beschwingt die Schultür hinter sich schließen. Und eine kleine Entlohnung gibt es auch noch!

Nommen Friedrich Lorenzen hat sich auf der elterlichen Werft ein besonders starkes Boot gebaut, mit dem er die Sommergäste sogar bis Sylt bringt. „Lusttouren“ heißen diese Ausflüge, und seine „Ida“ ist ein Lustkutter. Auch andere Wyker Männer, oft Seemänner im

Idas Haus

Ruhestand, verdienen mit Lusttouren Geld dazu. Ein Wyker Junge allerdings, der später ein bekannter Kapitän wurde, bekam gewaltigen Ärger, als er eines Tages ein paar Kurgäste auf eine Lusttour mitnahm. Das durfte nicht jeder, und schon wurde er beim Bürgermeister angezeigt. Obwohl erfahren und tüchtig mit seinem Boot, war es ihm untersagt. Die Strafe traf ihn hart: Eine Woche durfte er sein Boot nicht benutzen.

Manche Namen von Lustkuttern haben sich in der Erinnerung erhalten oder finden sich noch in den alten Badekalendern mit ihren Angeboten der unterschiedlichsten Art. Und tatsächlich hat das Bootsschild der „Ida", die Nommen Friedrich Lorenzen nach seiner ersten Frau Ida nannte, die Zeitläufte überstanden. Es hängt noch immer an der Wand seines Hauses (Wilhelmstr. 2) zum Garten hin.

Ein Stinkbüdel ist kein Schietbüdel

Es gibt Dinge, die müssen gesagt werden. Denn, was so ist, ist nun mal so. Also, in Rendsburg gibt es einen „Pissbüdelsgang“, wobei der erste Teil dieser Bezeichnung ein Schimpfwort für Bettnässer ist. Wenn die nun auch noch in den Gängen unterwegs sind, können wir uns vorstellen... – oder lieber nicht!

Auch der „Tittentastergang“ in Wismar beschwört Bilder und Ahnungen herauf, die wir lieber gar nicht haben wollen. Aber Moment, so schlimm, wie nun wieder einige denken, ist das gar nicht. Im Gegenteil, es geht um die Jugend! In Zeiten, als die feinen Damen ihren Nachwuchs nicht selber stillten, wurden Ammen ins Haus geholt. Das war ein guter „Job“, den manche Frau sich mit der vorgetäuschten Größe ihrer „Tankstationen“ zu erschleichen versuchten. Um nun nicht hereinzufallen auf die vielleicht tatsächlich schmalbrüstigen Ammen, hatten sie sich sozusagen als „Angebot“ im „Tittentastergang“ aufzustellen. Die „Interessenten“ durften nun per Hand prüfen, ob ihnen da auch echte Ware angeboten wurde und keine mit Tüchern und anderen Ersatzmaterialien aufgepolsterten „Tankstationen“.

Und nun sind wir auf Föhr und bei der Frage, warum ein Stinkbüdel kein Schietbüdel ist. Nachdem die Geschichte des „Buschemannsgangs“ schon geklärt wurde, spazieren wir ein Stückchen weiter und treffen nach dem Haushaltswarengeschäft Bohn und dem folgenden Haus auf einen kleinen, ungepflasterten Gang. Er verbindet wie der „Buschemannsgang“ die Mittel- und die Süderstraße, gehört aber zu keiner von beiden. Und das lässt sich beim Durchgehen auch leicht erkennen, denn wir treffen nur auf die Höfe der Häuser, die zur Wilhelm- bzw. Mühlenstraße gehören. Schon seit langer Zeit nennt man diesen Weg „Stinkbüdelsgang". Dort lebte nämlich einst ein Mann namens Kasper, der Knochen, Katzen- und Hasenfelle sowie andere Materialien kaufte, bearbeitete und weiterverkaufte. Die dabei entstehenden Abfälle kippte er in den Gang, wo sie langsam vor sich hin moderten. Dass Kasper nicht die feinsten Düfte verbreitete, ist klar. Er war ein „Stinkbüdel" und dort in dem Gang wohnte er.

Und nun aufgepasst, sonst passiert Fürchterliches. Niemals sollte man den „Stinkbüdel" mit dem „Schietbüdel" verwechseln. Obwohl beides in die gleiche Richtung der Bedeutung zu gehen scheint, gibt es einen riesigen Unterschied. „Schietbüdel" kann zwar mit „Schwächling" oder „Taugenichts" übersetzt werden, wird bei uns aber vor allem als Kosewort benutzt. Ist Tatsache! Wenn sich also jemand zu einem kleinen Kind hinunterbeugt mit der Frage „Was bist du denn für ein kleiner Schietbüdel!?", dann lächeln wohl alle zustimmend. Und auch die größeren Menschen nennen sich manchmal zärtlich „Schietbüdel".

Andere Länder, andere Sitten

Schon ein wenig eigenartig, diese Koseworte der Menschen im Norden, oder? Aber man bedenke, die Franzosen nennen ihre Liebsten „Mon Chou", und das heißt „mein Kohlkopf". Manche sagen auch „Mein Chouchou", also „mein doppelter Kohlkopf".

Gedenktafeln gibt es nur für Männer

In der Großen Straße 16 (Hans Chr. Andersen), am Sandwall 11 (Carl Häberlin), am Sandwall 32 (Theodor Fontane) und Sandwall 38 (Johann Strauß) erinnern Gedenktafeln an berühmte Besucher des Seebads Wyk oder verdiente Einheimische. Und an der Chaussee von Boldixum nach Nieblum steht ein Denkmal, das an den Besuch des dänischen Königs Friedrich VI. erinnert. An den Architekten des ehemaligen Nordsee-Sanatoriums August Endell erinnert im dortigen Park ein Gedenkstein, ebenso an seinen Auftraggeber Karl Gmelin. An den Stifter des Lembcke-Hains (Jacob H. Lembcke) am Stockmannsweg wird dort am Eingang ebenfalls gedacht, wenn auch der Name falsch geschrieben wurde. Dann gibt es in Süderende noch einen Stein für den Fabrikanten und Heimatforscher Lorenz Braren, in Utersum für den beliebten Inselgast Hans Rosenthal, in Nieblum eine Gedenkplatte für den ehemaligen Bürgermeister Hans Zumpe und ...

Manche werden auch gleich doppelt geehrt. Wir haben die Gmelin- und die Carl Häberlin-Straße, den August-Endell-Weg. „Einfache" Ehrungen finden statt durch den Georg-Reimers-Weg, die Johannes- und die Wilhelmstraße, die Friedrichstraße, die Königstraße, die Ocke-Nerong-Straße und den Stockmannsweg. Und wenn wir über die Inseldörfer fahren, wird diese Herrenmannschaft noch viel größer.

Mit der Schifferstraße wird einem ganzen Berufszweig gedacht und mit dem Friesenweg dem männlichen Teil der Bevölkerung. Dazu kommt die Straße „Am Königsgarten", der mit dem dänischen König Christian VIII.

nur insofern zu tun hat, als dass er mit der Stifterin Caroline Amalie verheiratet war. Eigentlich müsste es also „Am Königinnengarten“ oder noch besser „Am Carolinengarten“ heißen. Zum Ausgleich erhielt das heute im Museumsgarten liegende Aussichtshügelchen den Namen „Carolinenhöhe“.

Und nun machen wir uns auf die Suche nach dem anderen Teil der Inselbevölkerung. Es beginnt mit einer Göttin, die weit über die Inseldeiche zuständig ist und bei uns sozusagen sicherheitshalber eine Straße erhielt: Freya. Dann gibt es noch den Susanne-Fischer-Weg, die der Stadt einst das ganze Gelände vermachte und auf diese Weise zu einer Straße kam. Der Stine Andresen-Weg erinnert an eine Inseldichterin, deren Gedenk- und Grabstein am südlichen Eingang zum Boldixumer Friedhof steht – immerhin! In Nieblum gibt es auch den Namine-Witt-Wai, benannt nach gleichnamiger Gastwirtin und Dichterin, die von 1843 bis 1930 lebte. Der Mile-Gosche-Platz in Boldixum ist Emilie Peters (1847-1937) gewidmet, die einst mit ihrem Mann auf den Goldgräberfeldern Kaliforniens war, bevor sie auf diesem Platz ihre Hökerei und eine kleine Wirtschaft betrieb. Das Haus wurde später abgerissen, aber Mile (Emilie) Gosche (Großmutter) bleibt unvergessen.

Frau kann ja einiges verschmerzen und auch verstehen, dass Kronprinzessin Viktoria, die spätere Kaiserin Friedrich, und Kaiserin Auguste Viktoria nicht unbedingt eine Gedenktafel haben müssen, nur weil sie in Wyk zu Gast waren. Dass aber auch gar nichts erinnert an die Frauenrechtlerinnen und Sozialrefomerinnen Luise Büchner, Ida von Kettner und Emilie Wüstenfeld, die Wyk am Ende des 19. Jahrhunderts auf Einladung der Kronprinzessin Viktoria besuchten, ist bedenkenswert. Auch die Politikerin, Lehrerin und Autorin Elly Heuss-Knapp war zweimal in Wyk zu einem Erholungsurlaub.

Und nun kommt die allerallerschlimmste Vernachlässigung: Es gibt einen Fiete Föhr, aber keine Tine Föhr! Und dabei waren es doch die Frauen, die die Insel am Laufen hielten, wenn die Männer monatelang zur See fuhren, auf einen Klönschnack am Hafen standen, die Größe der Teepunschtassen überprüften, mit der Angel auf der Brücke saßen, Skatrunden „kloppten" und Vatertagstouren zur Erkundung fremder Gegenden und Mentalitäten unternahmen.

Ein ganz besonderer Stein

Am 22. August 2004 legte der Kölner Künstler Gunter Demnig für Elsa von Biela (1877-1942, deportiert von Dresden nach Riga) vor ihrem ehemaligem Wohnhaus „Villa Lisinka" am Sandwall 29 (heute: „Atlantis, Hotel am Meer") einen Stolperstein und setzt damit sein Projekt zur Erinnerung an die Opfer des Naziterrors fort.

Elsa von Biela

Elsa von Bielas Mutter Amalie/Malchen Jacobsohn geb. Heymann (1845-1922) stammte von Wyk auf

Föhr. Elsas Vater Dr. Raphael Jacobson (1837-1899) war Rechtsanwalt in Hamburg. 1906 heiratete Elsa Baron Wilhelm von Biela (1848-1924) aus Zscheiplitz/Sachsen, einen vermögenden preußischen Oberleutnant a. D. Nach dem Tod ihrer Tochter Hildegard (1907-1930) durch Tuberkulose zog Elsa von Biela nach Dresden und verkaufte das Haus am Sandwall.

Nach den Erinnerungen zweier damals dreizehnjähriger Jungen, deren Tante eine Freundin von Elsa von Biela war, wurde sie im Januar 1942 nach Riga deportiert. Seitdem fehlt jede Spur von ihr.

Die Initiative und Patenschaft für den Stolperstein übernahm die Autorin des vorliegenden Buches.

Stolperstein für Elsa von Biela

Stolze Englandfahrer

„Caroline Heymann", „Persian", „Amilhujo" und der schönste Englandfahrer, die „Henriette" – verklungene, stolze Namen aus dem alten Wyk, als das Hellinghaus noch am Hafen stand, die Kapitäne bewunderte Männer waren und die Wyker Jungs von der Seefahrt träumten. Manche wurden sogar an einem vorgezogenen Termin konfirmiert, damit sie das Schiff erreichten, auf dem sie zum ersten Mal angeheuert hatten. Und nicht alle kehrten von ihrer ersten Reise zurück.

In Erzählungen über den Wyker Hafen vergangener Zeiten werden stets die Englandfahrer hervorgehoben. Und sie waren ja auch etwas Besonderes, diese großen Segelschiffe, die bis nach England und noch viel weiter, ja sogar um Kap Horn fuhren. Der Schiffseigner musste für das Privileg des Englandhandels Mitglied in der Englandfahrer-Gesellschaft sein. Und so holte Kapitän

Die legendäre „Henriette"

Steffen-Heinrich Boetius (1837-1925) im Auftrag der Wyker Reederei von Levi Heymann (1813-1892) mit dem Englandfahrer „Caroline Heymann“ Kohlen aus dessen eigenen Minen in England. Die „Caroline Heymann“, benannt nach der Frau des Reeders, „Persian“ und „Amilhujo“ waren so große Englandfahrer, dass sie nicht in den Wyker Hafen hineinfahren konnten, sondern ihre Ladung auf Reede vor Wyk löschen mussten. Und die „Henriette“ konnte beladen nur bei Hochwasser in den Hafen hineinfahren. Dort auf der Werft der Familie Lorenzen, die im Hellinghaus lebte, war sie gebaut worden und galt als Meisterstück des Wyker Schiffbaus.

Mit der kleineren, 1854 erbauten „Tetta Margaretha“ fuhr Frerk Peter Frerksen (1825-1902) auf England. Das Schiff gehörte einem Wyker Kaufmann und Reeder, für den Frerksen Waren und wohl auch Kohlen nach Wyk holte. Es ist überliefert, dass er an einem Sonntag nach dem Kirchgang bei günstigem Wind losfuhr und eine Woche später mit ebenso gutem Wind rechtzeitig zum Gottesdienst wieder da war.

Frerksens Haus steht noch im Boldixumer Holm 16 und ist an einem „F“ oben im Giebel zu erkennen.

Wie groß waren die Englandfahrer?

Der Englandfahrer „Amilhujo“(1893 bei Hallig Gröde gekentert) war 28,29 Meter lang, 7,27 Meter breit und hatte einen Tiefgang von 3,34 Meter. Die über hundert Jahre später, nämlich 2010, bei der W.D.R. in Dienst gestellte „Uthlande“ ist 75, 88 Meter lang, 15,80 Meter breit und hat einen Tiefgang von 1,75 Meter.

Dänische Spuren in Wyk

Die Musik der königlich-dänischen Tanzfeste zur Sommerfrische ist verklungen, die Ulmen aus königlicher Hand am Wyker Sandwall sind schon lange gefällt, und an den Königsgarten der Stifterin Caroline Amalie (1796-1881) erinnert nur noch ein deutsches (!) Kaiserdenkmal. Auch die nach ihr benannte Carolinenhöhe im Garten des Wyker Friesenmuseums ist schon fast vergessen, wogegen die nahegelegene Dänische Schule mit der Königszeit gar nichts zu tun hat. Im heutigen Alltag ist die Zeit der Dänenherrschaft fast nicht mehr gegenwärtig. Typisch dänische Speisen, Gebräuche oder Wörter haben in das tägliche Leben der freiheitsliebenden Inselbewohner kaum Eingang gefunden.

Auf der Suche nach Spuren dänischen Lebens in Wyk bleiben Kenner der Ortsgeschichte vielleicht vor der Großen Straße 39 gegenüber dem Glockenturm stehen. Dort befindet sich ab 1818 die Landvogtei, in der die Vertreter der dänischen Landesherrn residieren. An den vielleicht berühmtesten Land- und Gerichtsvogt, Hans F. K. von Colditz (1786-1872), in dessen Zeit Wyk zum Seebad wird, erinnert heute nichts. Die Landvogtei gehört dem Flecken Wyk, im Gegensatz dazu wird das Königshaus (heute: Königstr. 5) von Christian VIII. erworben. 1857, beim ersten großen Stadtbrand, wird es vernichtet.

Sieben Jahre später geht die dänische Herrschaft über Wyk und Föhr zu Ende. Landvogt Christian Ludwig Lendrop (1823-1904) wird von den nun herrschenden Österreichern und Preußen entlassen. Er hat Wyk durch die schwere Zeit des Stadtbrands geführt und zusammen mit seinem Westerländer Kollegen Hans J. Trojel (1813-1877) und dem Zollkreuzinspektor Christian Hammer (1822-1892) für den ungewöhnlich schnellen Wiederaufbau des kleinen Orts gesorgt. Zu dieser Zeit ist seine private Tragödie schon zwei Jahre her. Nachdem er im Herbst 1853 die aus Helsingör stammende Cecilie Thorkelin geheiratet hat, kommt ein Jahr später der Sohn Christian zur Welt. Er wird nur sieben Monate alt, und am Ende des Jahre 1855 stirbt auch Lendrops Frau. Ihr Grabstein befindet sich noch immer auf dem Friedhof von Boldixum (an der südlichen Kirchenwand) und gibt mit den dänischen Wörtern „Föd“ (geboren) und „Död“ (gestorben) Kunde von dänischem Leben auf Föhr. Darüber hinaus ist auf einigen Grabsteinen der Insel auch der Danebrog, die dänische Flagge, zu sehen.

Zollkreuzinspektor Hammer lässt sich einen Ausguck auf dem Dach des von ihm bewohnten Hauses am Sandwall 33 bauen, um während des Kriegs von 1864 die Lage vor Ort und die Signale der Wachschiffe sehen zu können. An dieser Stelle steht schon lange ein Neubau, den dänischen Aussichtsposten gibt es nur noch auf Bildern. Mit zahllosen Fotografien aber hat sich Hammers Schwester Caroline (1832-1915) in die kollektive Erinnerung eingeschrieben. Die Pionierin der Kamera hinterlässt in unzähligen Inselalben Zeugnisse dänischer Arbeit und Kunst.

Spuren hinterlassen auch die Redner für und wider Dänemark bei der Abstimmung am 14. März 1920. Gemäß den Bestimmungen des Versailler Vertrags am Ende des Ersten Weltkriegs ist die Bevölkerung aufgerufen, über ihre zukünftige Nationalität abzustimmen. Am Glockenturm erinnert nicht nur eine Gedenktafel an das

Der letzte Baum des alten Königsgartens

Ende der dänischen Herrschaft im Jahr 1864, sondern auch eine zweite, zehn Jahre später angebrachte an das Ergebnis der Abstimmung 1920. In Wyk stimmen 709 Wahlberechtigte für Deutschland, 112 für Dänemark, das nur in wenigen Inseldörfern als gewünschte Nationalität angekreuzt wird.

Und dann gibt es nach Auskunft des Wykers Kurt Rascher doch noch eine weitere Spur aus dänischen Königszeiten. Ein letzter überlebender Baum des Königsgartens, vielleicht ein Setzling aus königlicher Pflanzenfamilie, steht neben seinem Haus in der Hafenstraße.

Inselzeit

Insel- und Küstenbewohner haben seit jeher ein ganz besonderes Verhältnis zur Zeit, die die Natur ihnen jeden Tag bewusst macht. Etwa alle sechs Stunden wechseln Ebbe und Flut einander ab, was man einst als „Zeit" bezeichnete und heute als „Gezeiten" oder „Tide" kennt. Nicht die Uhrzeit bestimmte einst die Abfahrt eines Schiffes, sondern Ebbe und Flut. Erst durch eine genügend tiefe Fahrrinne konnten die Schiffe zwischen Föhr und dem Festland tideunabhängig fahren. So mancher musste vorher eben warten, bis wieder genug Wasser da war.

Während in afrikanischen Staaten Geduld und Warten zum Alltag gehören, gilt es z. B. in Deutschland als Zeitverschwendung. Freizeit, Arbeitszeit, Essenszeit, Schlafzeit – niemand hat Zeit zu verschenken. Und dabei gibt die Sommerzeit sogar noch eine tageshelle Stunde dazu. Der Föhr-Gast Albert Einstein sagt es frei interpretiert so: Eine Stunde kann mal schneller, mal langsamer vergehen, es kommt auf die Geschwindigkeit an, mit der man sich bewegt. Noch schnell dieses, noch schnell jenes. Ach, die Zeit vergeht so schnell. Stimmt nicht, unser Tempo nimmt immer mehr zu. Dagegen protestierten schon um 1840 die Pariser, indem sie Schildkröten an Leinen spazieren führten. „Time is money", und so wurde mancher Gemüsegarten zum Auslaufmodell, weil die Konserve billiger als der zeitraubende Anbau war.

Sich über die vielen Ruhepausen der afrikanischen Träger wundernd, erhielten europäische Forschungsreisende einst die Antwort, man müsse warten, bis die Seele nachkomme. Zeitvorstellungen und Zeitbewusstsein

Der „Regulator“ in der guten Stube spielte einst keine so große Rolle wie heute

sind auch aktuell nicht überall auf der Welt gleich. In Burundi kommt man ohne Uhren aus, weil sich die Menschen am Rhythmus der Natur orientieren. Das führt wieder zurück nach Föhr, zu den Schiffsverbindungen und dem sich in der Geschichte wandelnden Zeitempfinden. „Langweilige Straßen gab es damals nicht“, erzählt Christina Martens (1902-1982) aus ihrer Inselkindheit. Tier, Blumen, Kräuter, das Wetter, am Straßenrand angepflockte, weidende Tiere, andere Fußreisende – es gab genug zu sehen. „Der Fußgänger erreichte sein Ziel, ohne zu merken, wie viel Zeit er dafür gebraucht hatte. Uhren trug man nur als Schmuck am Sonntag und nicht, um den Tag damit zu zerstückeln“.

Sie erzählt vom Beginn ihrer Schulzeit: „Was eine Stunde war, überhaupt die Bedeutung von Uhrzeiten, ging mir erst jetzt auf. Ich hatte zu Hause nie gehört, dass jemand um 9 Uhr oder um 2 Uhr eine bestimmte Arbeit tun oder ins Dorf gehen wollte. Die Zeiteinteilung war bei uns wie folgt: Vör de Frohkost – na de Frohkost – Teetied – na de Tee – Middagstied – na de Middag – midden Nahmiddag – Kaffeetied – na de Kaffee – Halfdüstern – Nachterstied – na der Nachterd – Bettied. ... Trotzdem war der Regulator in der Stube so etwas wie ein Mittelpunkt, nur, dass man nicht guckte, ob es 5 Uhr war, sondern ob es Stalltied war. Die Zahlen hatten ihre Bedeutung auf dem Zifferblatt, aber nicht im Sprachgebrauch."

In dem wurde der schöne, verheißungsvolle Duft des im Backofen schmorenden Schweinebratens zur Zeitangabe, ist er doch in vielen Erinnerungen unauslöschlich mit einem bestimmten Tag in der Woche verbunden, dem Sonntag. Und auf Föhr ist noch eine andere Zeitangabe bekannt, die sich nicht nach der Uhrzeit, sondern nach der Natur richtet. „Hualewjonken", das Halbdunkel, meint die Treffen junger Männer zwischen Abendbrot und Mitternacht zu allerlei Unterhaltung. Und so findet sich ein Auswanderer des 19. Jahrhunderts auch nicht zu einer bestimmten Uhrzeit, sondern zu Hualewjonken bei einigen Föhrern in New York ein.

Die Rosen der Insel Föhr

Verschwiegene, kleine Gärten und Höfe gehörten einst zum Wyker Stadtbild. Stille Idyllen, die man durch eine Gartenpforte betrat. Refugien mit kleinen Lauben und Brunnen, Stapeln von Brennholz, Wäscheleinen, Gemüse- und Blumenbeeten.

Heute sucht man sie vergebens. Fast. In „meinem" Wyker Lieblingsgarten blüht im Juni ein Meer von Rosen. Alle anderen Blumen sind nur begleitende Dekoration. Die Rose ist die Hauptperson. Und das riecht man! Ein Schleier aus zarten und süßen Düften schwebt durch den wild-verwunschenen, von Mauern umgebenen Garten hinterm Haus. „Rosenmonat" nannte der Volksmund den Juni, weil sich nun die Königin der Blumen in ihrer vollen Pracht zeigt. Und so ist es jetzt an der Zeit, dass die Gärtnerin des kleinen Wyker Gartens ihr kosmetisches Rosenwasser und das köstliche Rosengelee herstellt. Frische, vom Tau noch benetzte Rosenblätter sammelt sie Blüte für Blüte ein. Rosen *„stehn am Wege und sie grüßen leise, und keine Sorg und Mühe darf dich reuen, solange Rosen noch das Herz erfreuen"*, schrieb der Husumer Dichter Theodor Storm.

Nordfriesische Rosen haben es nicht leicht. Sie müssen wie ihre „Nachbarn" auf den schottischen Hebriden mit Wind, Wetter und kargem Boden zurechtkommen. Und doch ist Föhr als die „Roseninsel" bekannt geworden. 1960 wird von reichblühenden Rosenstöcken erzählt, die die Türen und Fenster der Häuser umranken. Hausnamen wie„Roseneck" und das Nieblumer „Rosenhaus" erinnern an diese Zeit. Auf den Inselfriedhöfen soll es noch sehr, sehr alte Rosenbüsche geben. Und vor dem

Witsumer Bauernhaus der Familie Olufs blüht seit über hundert Jahren die weißblühende „Rosa alba".

Zu Beginn des 20. Jahrhunderts gründet Cornelius Riewerts (1881-1965) im Dorf Süderende eine Baum- und Rosenschule, die bis heute besteht. Es beginnt alles mit einem geerbten Haus, dessen Grundstück von Sträuchern und Bäumen umgeben ist, die vor dem Südwestwind schützen. Auf Westerlandföhr soll das zu dieser Zeit sehr ungewöhnlich gewesen sein. Cornelius Riewerts legt dort eine Baum- und Rosenschule mit Versand an. Vielleicht inspiriert ihn das geschützte Grundstück, vielleicht stehen dort bereits neben anderen auch schon Rosensträucher. Und sie gedeihen trotz des rauen Nordseeklimas! Der natürliche Lebensraum der Rose ist nämlich die nördliche Halbkugel, sie wächst bis an die Grenze der Arktis. Auch ist die Rose ein Bergbewohner, also machen ihr die manchmal von Amrum herüberkommenden Südwestwinde gar nicht so viel aus.

Cornelius Riewerts entscheidet sich richtig. In den 1950er Jahren heißt es über seine Rosen, dass sie vom Juni bis in den Spätherbst, manchmal bis in den Winter hinein blühen. In seinem Rosengarten stehen „viele Tausende vielblütige Polyantha und edle Teehybriden in schönen neueren und älteren Sorten in voller Blüte und verschwenden ihre Düfte und Farben. Es ist wie ein Märchen."

Jahrzehnte früher, nämlich 1922 berichtet die Inselzeitung anlässlich einer Rosenschau auf Föhr von einer „mustergültigen Rosenanlage, die jetzt in voller Blüte steht", und von Riewerts' neuer Züchtung „Gruß an Föhr", die auf der Internationalen Rosenschau in Hamburg allgemeine Bewunderung fand. Fast hundert Jahre

Inselrosen

später, anlässlich des ersten Föhrer Rosentags am 13. Juli 2014 gedeiht die „Gruß an Föhr“ im Rosengarten von Riewerts noch immer. Seine Enkelin Friede Springer tauft 2014 die Rose „Föhr“. Die Taufe findet im Rosengarten des Friesenmuseums statt, der 1998 von der Wykerin Gundula Haack in Erinnerung an ihre Mutter Catharina Lüden (1914-1984), die zeitweise das Museum leitete, als „Catharinen-Rosengarten“ gestiftet wird.

Zu den vielen Sorten, die dort wachsen, gehört die Wildrose „Rosa villosa“, was mit „Rose zottig“ zu übersetzen ist. Schon früh holten die Menschen diese Wildrose in Gärten, weil sich aus ihren Früchten sehr gut Konfitüre herstellen ließ. Feiner, ja königlich wird es mit der „Königin von Dänemark“, die Anfang des 19. Jahrhunderts in einer Gärtnerei vor den Toren Hamburgs entstand und später der Königin Marie Sophie Friederike (1767-1852) gewidmet wurde. An den Besuch ihres Mannes Friedrich VI. (1768-1839) auf Föhr im Jahr 1824 erinnert bis heute ein Denkmal an der Straße zwischen Wyk und Nieblum. Ein bisschen „abartig" ist die Rose „Perle von Weißenstein", benannt nach einem abgerissenen Schloss in Kassel, an dessen Stelle sich heute die Wilhelmshöhe befindet. Diese Rose öffnet ihre Blätter nicht in regnerischen Sommern, aber auch in sonnigen Sommern zeigt sie nicht ihre ganze Pracht. Zum Ausgleich für die stets teilweise braunen Blütenblätter duftet sie zart-süßlich und ist äußerst wachstumsfreudig.

Wilhelm Busch (1832-1908) holt uns aus dem Rosenhimmel zurück zur Erde:

„Wem Mutter Natur ein Gärtchen gibt und Rosen, dem gibt sie auch Raupen und Blattläuse, damit er's verlernt, sich über Kleinigkeiten zu entrüsten."

Typisch für Föhr sind die Heckenrosen, die später zu Hagebutten werden

Ein seltener Gartenschatz: Äpfel

Gewienert und poliert liegen sie in der hübschen, alten Schale und glänzen im Schein der Adventskerzen: der tiefrote Gloster, der Gala und manchmal auch noch der selten gewordene Cellini oder der Danziger Kantapfel. Früher reihten Hausfrauen die Äpfel auf dem Schrank auf, damit sie mit ihrem Duft die Freude auf Weihnachten im Zimmer verströmen konnten. Der rote Apfel, das Symbol des Lebens, gehört seit jeher zum Grün des Weihnachtsbaums. Und wenn es keinen Tannenbaum gab, wie über Jahrhunderte auf Föhr, dann sah man die Äpfel an dem traditionellen friesischen Weihnachtsbaum, wo sie zusammen mit dem Figurengebäck Adam und Eva an den Sündenfall erinnern sollen. Es ist die Zeit der Bratäpfel, die einst allein durch ihre knusprige Schale zum Genuss wurden und heute mit Vanillesauce, Sahne und Eis zu den besonderen Leckereien in der Weihnachtszeit – nicht nur auf Föhr – gehören.

Die Seefahrer kannten den Apfel mit seinen 13 verschiedenen Vitaminen als eines der besten Mittel gegen den gefürchteten Skorbut. In der Schale und direkt darunter befindet sich der größte Teil der Vitamine, die die Männer auf den Segelschiffen vor Muskelschwund, Zahnausfall und Blutungen schützen konnten. Vielleicht haben die Friesen, das Volk der Seefahrer, deshalb für Äpfel „von jeher eine große Schwäche gehabt", wie der Föhrer Lehrer Hans Philippsen (1866-1926) schrieb. Mit Anpflanzungen und Aufzucht aber hatten sie nur „wenig Erfolg, da die Apfelbäume in dem kalten, feuchten Boden nicht so gut gedeihen wie die Birnen. Kaufte man früher auf dem Jahrmarkt einen schönen Apfel, so

Friesenäpfel vor dem blauen Inselhimmel

suchte man aus den Kernen einen Baum zu ziehen, der dann leider gewöhnlich die Hoffnung auf gute und ähnliche Früchte zuschanden machte. Oftmals fand man auf dem Feld gekeimte Apfelkerne, die man mit rührender Sorgfalt pflegte und in Blumentöpfen heranzog. So hat man auch von Äpfeln eine unendliche Menge Lokalsorten gezüchtet, viele unbrauchbar, manche aber mit schätzenswerten Eigenschaften, schön von Aussehen und gutem Geschmack."

Wertvoll waren den Insulanern die Äpfel, wo es die Pflanzen doch im fast ständig wehenden Wind schwer haben. Die Friesenwälle um die Gärten sorgen seit Jahrhunderten für Windschutz, und manchem gelang es, einen Apfelbaum großzuziehen, der auch Früchte trug. Eine Nieblumerin erinnert sich: „Vater hatte im Garten einen kleinen Apfelbaum herangezogen; zum ersten Mal saßen Äpfel daran, elf Stück. Er hatte sie aus der Blüte wachsen sehen und jeden Morgen nach ihnen geschaut. Er wünschte, dass ich auf die Kinder achtete, die Äpfel sollten am Baum noch reifen. August konnte nicht heranreichen, also hatte ich nur auf Nelly aufzupassen. Aber eines Morgens lief sie vor mir hinaus. Sie pflückte alle ab und legte sie in einen Korb. Ich musste es Vater sagen und war willens, Nelly mit einigen Klapsen zu strafen. Aber er sagte: ‚Schlage sie nicht, gib mir meine Mütze!' Er ging an den Strand und kam den ganzen Tag nicht nach Hause zurück. Ich machte mir Sorgen um ihn, aber Mutter und Julia meinten: "Lass ihn allein, er versucht, diese Enttäuschung zu verwinden, er wird bald wieder da sein."

Eine alte Borgsumerin, die sich nicht länger von Dorfjungen ihre sorgsam gehüteten Äpfel stehlen lassen wollte, soll nach Erzählungen zur Flinte gegriffen und geschossen haben – mit grobem Salz, das durch die Hose in die Haut eindrang und dem Apfeldieb sehr schmerzlich seine böse Tat vor Augen hielt.

Boldeke wohnte in Bualigsem, dem heutigen Boldixum

Außer Goting und Süderende enden alle Dörfernamen auf Föhr mit „um“, so z.B. Boldixum, Hedehusum, Oldsum oder Nieblum. Auf den Ortsschildern der Insel steht unter dem hochdeutschen Namen auch die friesische Bezeichnung des Dorfes. So heißt z. B. Oldsum auf Friesisch Olersem, Alkersum heißt Aalkersem, Toftum heißt Taftem. Aus dem „um“ ist hier ein „em“ geworden, und das führt uns auf die richtige Spur. Das „em“ ist nämlich verwandt mit dem deutschen „Heim“, kann auch „Gehöft“ oder „Siedlung“ bedeuten. So soll das Dorf Wrixum die Siedlung des Wirik, Oldsum die Siedlung des Ulfer und Hedehusum die des Hedde gewesen sein. Ganz genau weiß man das nicht, denn manche Ortsnamen entstanden auch mit Bezug zur sie umgebenden Landschaft. So z. B. Midlum (in der Mitte gelegene Stätte) oder vielleicht auch Hedehusum (bei den Heidehäusern). Borgsum hat seinen Namen von der dortigen Burg, in deren Nähe man zu Hause war.

Und nun zu den zwei Ausnahmen. Goting gehört zu den ältesten Dörfern der Insel und ist seit 1969 ein Ortsteil von Nieblum. Der Ortsname könnte so viel bedeuten wie „Siedlung bei dem Flüsschen Gat“, das es dort einst gab, wie alte Karten beweisen. Vielleicht hängt aber auch ein gewisser Gauto damit zusammen, der dort vielleicht gewohnt hat.

Süderende wurde vor etwa 500 Jahren zum ersten Mal erwähnt. Der Ortsname bezeichnet das südliche Ende des Dorfes Oldsum, zum dem Süderende bis 1864 gehörte.

Kapitän oder Commandeur?

Viele berühmte Schiffsführer – Kapitäne und Commandeure – kommen von Westerlandföhr, von „über Land", wie wir sagen. Da können Osterlandföhr und Wyk nicht mithalten.

Was für Namen! Was für Geschichten! Eine faszinierende Welt öffnet sich beim Klang solcher Schiffsnamen wie „Preußen". Das Fünfmastvollschiff stand unter dem Kommando von Boye Petersen (1869-1943), der mit der „Preußen" 21mal Kap Hoorn umsegelte. Boye, dessen ungewöhnlicher Vorname auf einem fehlerhaften Kirchbucheintrag beruhen soll, kam auf Hallig Langeneß zur Welt und wuchs auf Gröde auf. Dann aber heiratete er ein junges Mädchen aus Süderende und lebte dort zeitweise mit ihr. Und schon war er ein berühmter Föhrer Kapitän geworden!

Dass Petersen das Kommando über die „Preußen" hatte, bedeutet aber nicht, dass er ein Commandeur war. Matthias Petersen (1632-1706), der berühmteste Commandeur Föhrs liegt auf dem Friedhof von Süderende begraben. Er ging in die Inselgeschichte als „Der glückliche Matthias" ein, denn Matz Peters (1632-1706), wie er eigentlich hieß, erlegte 373 Wale. Das brachte nicht nur viel Geld in die Schatulle, auch großes Ansehen war damit verbunden. Heute gehört der Grabstein des Commandeurs Matthias Petersen zu jeder Inselrundfahrt.

Und warum war nun der eine Petersen ein Kapitän und der andere ein Commandeur? Ein Kapitän auf einem Walfangschiff wird als Commandeur bezeichnet, weil Reedereien nur Kapitäne einstellten, die im gleichen Ort lebten und dort Bürgerrechte besaßen. Für die Walfang-

Geburtshaus von Jens Jacob Eschels in Nieblum

schiffe aber wurden vor allem die sehr gut ausgebildeten Nordfriesen von der Insel Föhr verpflichtet, und so wählte man zur Unterscheidung die Bezeichnung „Commandeur“. 350 bis 450 Grönlandcommandeure kamen vom 17. bis zum 19. Jahrhundert von Föhr.

Jens Jacob Eschels (1757-1842) war Kapitän und auch Commandeur, später auch Kaufmann in Hamburg. Sein Geburtshaus in Nieblum steht noch, und im Ort wurde auch eine Straße nach ihm benannt. Seine „Lebensbeschreibung eines alten Seemanns“ gilt als wahrscheinlich älteste deutschsprachige Biografie eines Kapitäns und ist noch immer im Handel erhältlich. Übrigens: Als Commandeur hatte Eschels keinen Erfolg, viermal kehrte er ohne einen nennenswerten Fang zurück. Die große Zeit des Walfangs war Ende des 18. Jahrhunderts schon

Geschichte. Eschels wurde danach Kapitän auf Handelsschiffen.

1985 besuchte das Segelschulschiff „Gorch Fock" die Insel Föhr, konnte aber wegen seines Tiefgangs nicht in den Wyker Hafen einlaufen und lag deshalb draußen auf Reede. 100 Jahre Wyker Dampfschiffs-Reederei wurden gefeiert, und da konnte es sich der in Oldsum geborene Kapitän Nickels Peter Hinrichsen doch nicht entgehen lassen, mit einem ganz besonderen Gruß „vorbeizuschippern".

Der Sommergarten vor dem Kapitänshaus von Carl Brockhöft (1884-1965) in Boldixum, Holm 16. Der Maueranker „1867" erinnert an das Baujahr, das „F" im Giebel an den Erbauer Frerck Peter Frechsen (1822-1892)

Nicht alle Steine reden

Die „Redenden Steine“ der Nordseeinsel sind zum Begriff für eine ganz bestimmte Grabsteinkultur geworden, die die Menschen bis heute in ihren Bann zieht. Föhr verfügt über den reichhaltigsten Bestand an „Redenden Steinen“. Friedhofsführungen in Süderende, Nieblum und Boldixum werden von den Gästen der Inseln gerne und interessiert wahrgenommen. Das war schon vor über 150 Jahren so, als der dänische Dichter Hans Chr. Andersen (1805-1875) über den Friedhof St. Nicolai in Boldixum spazierte. Er „las die in Stein gemeißelten Geschichten“ der Inselfamilien und war fasziniert.

Nur wohlhabende Familien konnten sich den Transport der Grabsteine aus dem Weserbergland über die Unterelbe an die Westküste und schließlich auf die Inseln leisten. Auch die Arbeit des Steinmetzen kostete Geld, wobei erhabene Buchstaben teurer waren als die anderen. Aber nicht nur die erzählen uns noch heute, sondern auch geknickte Blumen, Herzen, Anker, Schiffe unter vollen Segeln oder abgetakelt, Symbole für Berufe und vieles mehr.

Wer sich einen „Redenden Stein“ nicht leisten konnte oder wollte, ließ hölzerne oder gusseiserne Kreuze aufstellen, manchmal nur einen schlichten Stein, eine Platte. Auch Walfischknochen sollen einst als „Grabstein“ gedient haben. An der südlichen, äußeren Kirchenwand von St. Laurentii in Süderende liegt ein kaum behauener kopfgroßer Stein aus Granit, den man auch „Stein des armen Mannes“ nannte. Dieser Feldkopfstein trägt lediglich ein „S“ (Selige) und darunter „17 K R 88“. Vor uns liegt ein Stein, der nicht nur nicht redet, sondern Rätsel aufgibt.

Grabstein „S 17 K R 88“

Nachforschungen haben ergeben, dass mit „17 K R 88“ die 1788 verstorbene Krassen Rörden aus Hedehusum gemeint ist, das z. Zt. ihrer Geburt (1761) noch „Heddehüsum“ (bei den Häusern des Hedde) heißt. Ihre Eltern, der Seefahrer Rörd Hayen (1733-1777) und seine Frau Lien Ocken (1734-1809) aus Klintum, bewohnen Haus 3. Es steht nachweislich noch im Jahr 1800 an der Straße von Witsum gleich linker Hand.

Es ist die Zeit des Walfangs. Von den neunzig Einwohnern Hedehusums fährt fast ein Drittel nach Grönland zum Walfang. Zu ihnen gehört auch Krassens Vater Rörd Hayen. Im März 1777 segeln Schmackschiffe von Föhr zu den großen Nordseehäfen. An Bord haben sie Männer der Inseln und Halligen, die von Hamburg oder Holland auf Walfang gehen. 17 werden ihre Heimat nicht wiedersehen, dreizehn kommen aus der Gemeinde St. Laurentii. Vierzehn große Walfangschiffe gehen 1777 im Eis vor Grönland verloren. Zu den Opfern des größten Unglücks der Grönlandfahrt, das nie ganz geklärt werden konnte, gehört auch Krassens Vater Rörd Hayen. Bis zum Herbst 1778 wartet die Familie voller Bangen und Hoffen auf ein Lebenszeichen von ihm. Im November hält Pastor Carsten Christiansen (1738-1808) schließlich eine Gedenkrede für Rörd Hayen. Durch den Tod des Familienernährers bricht für die Familie Rörden, wie sie nach dem patronymischen Namensrecht heißt, eine Zeit der wirtschaftlichen Not an.

Zur Trauer über den verlorenen Ehemann und Vater kommt ein weiterer Todesfall. Krassens jüngste Schwester Kerrin (1774-1778) stirbt im Alter von nur vier Jahren. Acht Jahre zuvor hat Krassen ihre kleine Schwester Ween (1764-1770) verloren. Ein Jahr später kommt wieder eine Ween (1771-1785) zur Welt. Sie wird nur 14 Jahre alt. Und 1788 stirbt Krassen Rörden, deren Grabstein sich in Süderende erhalten hat. Von den sechs Kindern, die Hay Rördens Frau Lien zur Welt bringt, überleben sie nur zwei. Ihr Sohn Hay (1768-1825) gibt seiner erstgeborenen Tochter den Namen seiner verstorbenen Schwester Krassen. Lien Rördens Tochter Elke (1765-1836) heiratet 1815 erst im Alter von 40 Jahren, nämlich sechs Jahre nach dem Tod der Mutter. Zwei Jahre später ist sie Seemannswitwe. Ihr Mann Ketel Nickelsen (1766-1817), erster Steuermann, und sein Bruder Nickels Nickelsen (1780-1817), der als Koch fährt, kommen in der Davis-Strasse beim Untergang der „Hvidfisken“, einem Versorgungsschiff im Grönlandhandel, ums Leben.

Auf einem der „Redenden Steine“ finden wir dieses Familienschicksal nicht, aber die Kirchenbücher der Insel bewahren die Geschichten für immer auf.

Der Grabstein, vor dem Hans Chr. Andersen stand (heute: Dreieck mit alten Grabsteinen nördlich der Kirche)

Lebten einst Hexen und Zwerge auf Föhr?

Vielleicht nicht, vielleicht doch. So genau weiß man das nicht. Aber 1965 schreibt ein Inselkenner: „An vielen reetgedeckten Häusern auf Föhr sieht man am Giebel zwei kleine hölzerne Stäbe angebracht, die zusammen ein schräges Kreuz bilden. Auch jetzt noch pflegt der Dachdecker sie gewohnheitsmäßig dort einzufügen". Das Kreuz sollte als Abwehrzauber schützen vor Hexen und anderen bösen Geistern, die ihr Unwesen trieben. Auch wurden vor dem Haupteingang der Friesenhäuser in den Boden aus Natursteinen zwei Reihen so gelegt, dass sie sich nicht nur in Größe und Ausrichtung unterschieden, sondern deutlich als Hexenkreuz zu erkennen waren.

Aber nicht nur Hexen waren einst vielleicht unterwegs. Auch Nis Puk und Oterbaankins, die von den Menschen bei Laune gehalten werden mussten. Sonst drohte Fürchterliches! Im Eulenloch des Giebels, das als Rauchabzug sowie als Licht- und Lüftungsöffnung für den Dachraum diente, wohnte (oder wohnt?) ein kleiner Hausgeist. Er trug ein graues Kleid über roten Hosen und eine rote Zipfelmütze. Klein, breit und von großer Körperkraft war (oder ist?) Nis Puk sozusagen „der Chef im Haus". Pst, wenn man ganz genau hinhörte, konnte (oder kann?) man Nis Puk in seinen weichen Pantoffeln über den Dachboden schlurfen hören. Seinen großen, wachen Augen entging nichts, und so manches Mal half er den Bewohnern. Zum Dank stellte ihm die Bauersfrau eine Schüssel Grütze mit einem ordentlichen Stück Butter darin auf den Dachboden. Und wenn sie ihm dann auch noch ein schönes, warmes Kleid strickte, dann ging es allen richtig gut. Aber wehe, man ärgerte den Nis Puk, dann stahl und naschte er, machte Unordnung und Lärm, sorgte für allerlei kleine und größere Katastrophen.

Die Oterbaankins hatten der Sage nach ein anderes Revier als Nis Puk. Sie hielten sich lieber draußen zwischen Heide und Hünengräbern, zwischen Wattenmeer und Kliff auf, und manchmal sitzen sie auch zur Begrüßung am Dorfeingang auf einem Stein. Aber Vorsicht, sie mochten die Menschen nicht sehr und raubten immer wieder ihre Vorräte. Klein, mit großem Kopf und dünnen, krummen Beinen begehrten sie allerdings nichts mehr, als ein Mädchen aus der Oberwelt in ihren dünnen Armen zu halten. Ihre Wäsche bleichten sie im Mondschein, sie liebten das Schlittschuhlaufen und reparieten den Menschen kaputte Ackergeräte. Dann aber eines Tages waren sie weg. Ob die Reformation der Grund war, weiß man nicht so genau. Jedenfalls sollen die Oterbaankins jetzt bei unseren Nachbarn auf Amrum leben. Und den, der sie mit dem Boot übersetzte, belohnten sie mit einem Hut voller Goldstücke.

Eulenloch

Klar, im Eulenloch lebt der Nis Puk. Aber wenn der gerade mal ausgegangen ist, dann schlüpfen Schleiereulen oder Steinkäuze hinein, die den Dachboden und die Erntevorräte von Mäusen frei halten sollen.

Knick in der Landschaft

Knicks sind lebende Zäune und typisch für die Landschaft Schleswig-Holsteins. Diese künstlich errichteten, mit Büschen und Bäumen bepflanzten Wälle sollen das Davonfliegen der oberen Bodenschicht verhindern, dienen aber auch dazu, das Vieh auf einem bestimmten Stück Land zu halten. Dornige und stachelige Sträucher wie Weißdorn, Schlehe, Rosen oder Brombeeren sorgen dafür, dass das Vieh sich nicht durchbeißt und wegläuft. Die Knicks bieten den Tieren einen gewissen Schutz vor der Sonne, vor den Nordseewinden und -wettern.

Nun denkt man bei „Knick“ ja an etwas Gespaltenes, Gebrochenes. Das paßt aber nicht zu unserem Knick in der Landschaft, der ja aufgeschüttet wird. Die Bezeichnung „Knick“ kommt vielmehr daher, dass diese Wälle von Zeit zu Zeit geknickt werden müssen. Etwa alle zehn bis 15 Jahre werden die Wallhecken „auf den Stock gesetzt“, d.h. sie werden radikal abgeholzt, damit sie wieder unbelastet wachsen können. Aber Vorsicht: In einem Kilometer Knick brüten ca. dreißig Vogelpaare. Das beim Knicken anfallende Brennholz wird inzwischen auch nicht mehr verachtet.

In den 1990er-Jahren zählte man 46 000 Kilometer Knicks, 1950 waren es noch 76 000 Kilometer. Heute sind Knicks, die Lebensraum für etwa 7000 Tierarten bieten, gesetzlich geschützt. Aber wenn die Knicks so viele Vorteile bieten, warum verschwanden dann so viele? Sie haben auch Nachteile. Knicks müssen gepflegt werden, sie behindern den Einsatz großer Landmaschinen, können Schädlinge beherbergen und verursachen

Nässe, wenn der Schnee im Schatten des Knicks langsamer schmilzt.

Auf Föhr wurden die ersten Knicks um 1870 angelegt. 1960 kamen 400 Kilometer dieser Windschutzhecken dazu, die zum größten Teil mit Gehölzen aus den Inselwäldern bepflanzt wurden. Und auch Radfahrer freuen sich über die Knicks, wenn der Nordseewind mal wieder von vorne, von der Seite und von hinten kommt. So gelingt manchmal das Kunststück, bei Gegenwind ein Stückchen mit dem Wind im Rücken zu fahren.

Aberglaube?

Nicht nur bei Gegenwind, auch bei Schluckauf hilft ein Knick in der Landschaft. Heißt es doch: „Sluckop un ik stegen dörch'n Knick, ik keem hindör, Sluckop bleef dorvör." Und manchmal muss man sich auf nicht extra auf den Weg machen, sondern einfach nur immer wiederholen: „Sluckop un ik ..."

Eigene Notizen:

Manhattan kann man auch trinken!

Der Teepunsch ist seit langer, langer Zeit das typische Getränk der Insulaner. Heißer Tee mit Köm und Zucker, serviert in den kleinen, blauen Punschtassen ist eine Inselspezialität, die weit über die Inseldeiche hinaus bekannt ist. In manchen Familien auf Föhr ist die tägliche Punschstunde mit Klönschnack schon zum Brauch geworden.

Vor gar nicht so langer Zeit aber brachten Föhrer, die einige Zeit in Amerika gelebt hatten, ein neues Getränk mit auf die Insel. Sie gehörten zu den Insulanern, die im 19. Jahrhundert und auch nach dem 2. Weltkrieg nach Amerika auswanderten, um dort Geld zu verdienen. Viele fanden Arbeit in einem Deli, manche machten sich später selbstständig. Die Arbeit war hart und dauerte viele, viele Stunden am Tag. Manchmal aber wurde auch so richtig gefeiert. Und wenn die Kehle erst einmal mit ein paar Manhattan so richtig gut geölt war, dann wurden im fernen Amerika Lieder von der Heimatinsel Föhr gesungen. Vielleicht war es auf einem dieser Feste, dass ein Auswanderer von Föhr den ersten „Manhattan" der Welt mischte.

Die Mischung des „Manhattan" „geiht ganz flott": Martini weiß und rot, dazu Whisky. Über die genaue Mischung läßt sich streiten. Im Notfall: Probieren, bis es paßt. Aber eines ist klar: Eine Kirsche gehört auch dazu. Heute wird der „Manhattan" zu vielen Gelegenheiten getrunken: zum Schweineball, beim Grünkohlessen an Biikebrennen, beim Feuerwehrfest, auf Geburtstagen oder einfach nur so, weil er so gut schmeckt.

Manche sagen, der „Manhattan" sei nun unser Föhrer Nationalgetränk. Andere sagen: „Unse Punsch blivt doch unse Punsch!"

Grönland liegt in Boldixum

1964 kam der Vorschlag auf, bei einer offiziellen Straßenbenennung in Boldixum auch an eine „Harpunenstraße" zu denken, denn eine solche Straße habe es im Dorf einst wirklich gegeben. Aha, sagte sich vielleicht mancher, das würde doch gut zur Straße „Grönland" in Boldixum passen. Das erinnert an die Zeit des Walfangs, an die Kommandeure und ihre Schiffe, an die Mannschaften, zu denen die Harpuniere gehörten. Falsch gedacht!

Der Name „Grönland" für den immer noch ungepflasterten Weg vom Holm hinunter zur Marsch hat außer der gemeinsamen Übersetzung „Grünes Land" nichts zu tun mit der größten Insel der Welt, die „die Dänen mit den darauf wohnenden Eskimos gemaust haben". „Grönland" weist vielmehr daraufhin, dass sich dort in Boldi-

Das Wyker Friesenmuseum am noch nicht asphaltierten Rebbelstieg, der Walkieferknochen ist schon da

xum einst grünes Land befand bzw. dass der Weg zum grünen Land, also zur Marsch hinunterführt. Auch der Straßenname „Ossendrift“ gehört in diesen Zusammenhang, wurde dort doch das Vieh, zu denen auch die Ochsen gehörten, in die Marsch getrieben.

Was erinnert denn überhaupt noch im täglichen Leben an den Walfang auf Föhr? Wenn man bedenkt, wieviel Wohlstand für viele Menschen dieses „Goldene Zeitalter“ des Walfangs von ca. 1650 bis ca. 1800 nach Föhr brachte, dann ist es eigentlich nicht sehr viel: Walkieferknochen als Eingangstore des Friesenmuseums, Kachelbilder und -wände in den Friesenhäusern, der Schmuck der Friesentracht, hübsche Kommandeurshäuser, Grabsteine. Dabei soll es z. B. im Jahr 1789 über 100 Kommandeure von Föhr sowie 74 Steuerleute, 43 Schiffszimmerer und Bootsleute, 150 Harpuniere und sieben Schiffsärzte gegeben haben.

Oldsum im Westen der Insel gilt heute als Dorf der Kommandeure und Kapitäne. Die Wahl-Oldsumerin Ingke Wolff hat einen maritimen Rundgang herausgegeben, auf dem man diese mutigen Männer zur See und ihre Schicksale kennenlernen kann. Das Büchlein heißt: „Commandeure und Kapitäne in Oldsum“.

Ein besonderes Denkmal und Mahnmal

Im belgischen Brügge hat man einen sich aus dem Wasser erhebenden Wal mitten in der Stadt installiert. Seine blau-weiße Farbe, die wohl an das größte lebende Tier, den Blauwal, erinnern soll, entsteht durch das verwendete Material: blaue und weiße Plastikteile. In Thailand starb vor einigen Jahren ein Wal, der acht Kilogramm Plastik im Magen hatte.

Die geheimnisvolle Halligfriesin

Der ungewöhnlich große Grabstein an der Südwand der St. Nicolai-Kirche in Boldixum ist keiner der für Föhr typischen „Redenden Steine". Noch, und das seit über vierhundert Jahren, kann man den kurzen Text lesen: „Anno 1604 starf seollige Cateryne Knutsen up Heyliggenley den 3. Julius." Auf der Warft Hilligenlei der Hallig Nordmarsch-Langeneß starb die Friesin am 3. Juli 1604. Nichts ist zu erfahren über ihr Geburtsdatum, ob sie verheiratet war, Kinder hatte, und vor allem gibt es auch keinen Hinweis darauf, warum sie in dieser sehr selbstbewussten Haltung, ja Pose auf ihrem Grabstein verewigt wurde.

Und es gibt noch mehr Rätsel. Waren sie oder ihre Familie reich, dass sie sich einen solch prächtigen Grabstein mit einer herausgemeißelten Ganzkörperfigur leisten konnten? Die Frage, warum Cateryne Knutsen von der Hallig Nordmarsch-Langeneß auf Föhr begraben wurde, kann zumindest beantwortet werden. Der ehemalige Name eines Nieblumer Weges hilft weiter: Nordmarscher Kirchensteig. Eine feste Verbindung zwischen Nieblum auf Föhr und der Hallig? Ja, denn „die Sage erzählt, dass man nur auf einen Pferdeschädel zu treten brauchte, um von der Insel Föhr nach Nordmarsch zu gelangen." Sie waren also nicht so weit voneinander getrennt durch die Nordsee wie heute. Das geschah erst bei der nächsten Groten Mandränke 1634.

Erst wenige Jahre vor Cateryne Knutsens Tod begann man mit dem Bau einer Kirche auf Nordmarsch-Langeneß. Vorher waren die Halligbewohner in St. Nicolai in Boldixum und St. Johannis in Nieblum auf Föhr eingepfarrt und wurden dort auch beerdigt. Wer den Stein bearbeitet hat, können wir nicht mehr nachvollziehen. Wahrscheinlich war es ein Föhrer Steinmetz, da man sich sicher den Transport des schweren Steins so weit wie möglich sparen wollte und auf der Hallig wohl auch gar kein Steinmetz arbeitete.

Sicher ist, dass sich Cateryne Knutsens Grabstein nicht über die Jahrhunderte auf dem Friedhof befand. Wie früher durchaus üblich, wurde auch dieser abgelaufene Grabstein irgendwann mitgenommen und als Baumaterial oder Wegpflasterung verwendet. So geschah es auch mit Cateryne Knutsens Stein, aber er blieb sehr, sehr gut erhalten. Der Grund: In Boldixum entdeckte man 1911 vor dem heutigen Restaurant „Störtebeker" einen Trittstein, dessen Vorderseite geschützt im Boden gelegen hatte und fast unversehrt geblieben war, während man auf der glatten Rückseite die meist durch matschige Wege verdreckten Schuhe vor dem Eintritt ins Haus so gut wie möglich putzte. Und so steht heute auf dem Friedhof St. Nicolai der zweitälteste Grabstein der Insel. Und dazu gedenkt er einer Frau und auch noch ihr ganz allein. Eine große Rarität.

Der älteste Grabstein Föhrs steht in der Kirche St. Johannis in Nieblum, gehört einem Pfarrer Holmann und stammt aus dem Jahr 1600. Er zeigt einen ruhig verharrenden Mann mit Vollbart und dem typischen Mühlsteinkragen über dem Mantel, der in würdiger und gesetzter Haltung die Bibel vor der Brust hält. Und dagegen dann in Boldixum die flotte Halligfriesin Cateryne Knutsen! Sie scheint ja fast zu tanzen in ihrer Halligtracht. Selbstbewusst hält sie den rechten Arm aufgesetzt. Ist sie emanzipiert? Aber Moment, sie lebte in

Grabstein der Cateryne Knutsen

den Jahren vor 1600 und auch noch auf einer Hallig, also weit ab von geistig-kulturellen Zentren.

Es ist das Jahrhundert der Reformation, der Bauernaufstände und des Hexenwahns. Die Ehe ist eine Interessensgemeinschaft, höchst selten eine Liebesangelegenheit. Sie gilt als wichtigste Säule der gesellschaftlichen Ordnung. Für die Frauen heißt das: „Sie soll den Mann fürchten, ihm untertan und gehorsam sein." Die wenigsten von ihnen können schreiben und lesen. Wie sich wehren gegen so Ungeheuerlichkeiten wie „Wenn sie sich nicht waschen und selten kochen, dann sind sie Hexen." Andere fragen sich, „Ob die Weiber Menschen seyn?" Neben diesen Vorstellungen und Vorschriften gibt es das reale Frauenleben, das von ganz anderen Verhältnissen erzählt. Eine Zeitgenossin von Cateryne Knutsen ist Christine Rantzau (1526-1598). Verheiratet mit dem berühmtesten Adligen Schleswig-Holsteins im 16. Jahrhundert bringt sie zwölf Kinder zur Welt. Aber sie wickelt auch eigenständig Rechtsgeschäfte ab, verfügt über einen eigenen landwirtschaftlichen Grundbesitz, den sie selbst verwaltet. Sie verfügt über eigene Einnahmen, die sie getrennt von denen ihres Mannes verwaltet. Sie leiht der Stadt Emden ebenso Geld wie ihrem Ehemann, der dafür einen Schuldschein unterschreiben muss.

Vielleicht können wir in ihr einer Ahnung von Cateryne Knutsens Leben begegnen.

Der Hafen von Midlum

Ungefähr fünf Kilometer von Wyk entfernt liegt im Inneren der Insel das Dorf Midlum. Das Wasser, das die Insel umspült ist weit entfernt. Und hier soll es einmal einen Hafen gegeben haben?

Beim Betrachten alter Karten sehen wir, dass Föhr nicht immer eine Insel war. Ist sie heute nur über's Wasser zu erreichen, so gehörte sie einst zu einer amphibischen, von großen und kleinen Wasserwegen durchzogenen Landschaft, die eng mit der Nordsee verbunden war und sich weit auf das heutige Festland östlich der Inselwelt erstreckte. Auf diesen heute nicht mehr existierenden Wasserwegen brachte ein Midlumer Kaufmann vor langer Zeit seine Waren mit dem Schiff von der Wyker Bucht über Boldixum, vorbei an Wrixum und Oevenum nach Midlum. Seine Anlegestelle, also der Midlumer Hafen, konnte vor einigen Jahren genau lokalisiert werden.

In Boldixum weisen aufgefundene Reste von Fischkörben darauf hin, dass es unten an der Marsch im Bereich des Weges „Grönland“ eine Fischhandlung mit Anlegeplatz gab. Auch die Lembecksburg in Borgsum war gut mit dem Boot oder Schiff zu erreichen.

Dann aber veränderten zwei Sturmfluten von gewaltigem Ausmaß, nämlich die erste und die zweite Groote Mandränke (1362, 1634), das ganze Land an und in der Nordsee nachhaltig. Ganze Landstriche verschwanden, Dörfer und Orte wie Rungholt gingen in den Fluten unter. Übrig blieben Inseln, Halligen und die sich nicht mehr zurückziehende Nordsee, die von nun an mit Ebbe und Flut die Landschaft und das Leben der Menschen bestimmte.

Auch auf dem Festland zeigen Hafenbuchten aus alter Zeit wie z.B. am Mühlendeich im nordfriesischen Marienkoog bei Neugalmsbüll, die sich heute mitten im Land befinden, dass es in Nordfriesland einmal ganz anders aussah.

Der Midlumer Kaufmann hieß Rauert Arfsten, er lebte von 1547 bis 1616. Sein Grabstein (rechts) wurde vor einigen Jahren wiedergefunden und steht heute neben dem seiner Frau Ingge Rauerts (1541-1620) vor dem Eingang des Wyker Friesenmuseums.

Pflaumensonntag in Oevenum

Lange Zeit war Oevenum das größte Dorf Föhrs. So lebten dort im Jahr 1769 in 162 Häusern 686 Einwohner. Oevenum kann auf eine lange und große Seefahrtstradition zurückblicken. Über viele Monate waren die Männer nicht zu Hause, und die Frauen mussten sehen, wie sie allein mit dem Hof, den Finanzen und der nicht selten großen Familie zurecht kamen. Sie bewirtschafteten die Felder, sorgten für das Vieh und versuchten auch, noch etwas dazuzuverdienen, denn manchmal dauerte es lange, bis der Mann Geld schickte oder mit nach Hause brachte.

Auch vor der Einführung des Oevenumer Marktes, der im Sommer jeden Donnerstag stattfindet, pilgerten schon ganze Heerscharen dorthin. Das Dorf war einst bekannt für seine hervorragenden Pflaumen. Sie galten als so wohlschmeckend, dass sich am ersten Sonntag im September alle mit Taschen, Körben und Kisten aufmachten, um in Oevenum Pflaumen zu kaufen. Manchmal allerdings war die Natur schneller und wartete nicht mit ihren reichen Gaben bis zum „Pflaumensonntag". 1905 fand er schon im August statt, und Oevenum meldete eine überaus reichliche Ernte. Die einzelnen Pflaumen allerdings fielen wegen der anhaltenden Trockenheit viel kleiner aus als gewohnt.

Das Pferdedorf Alkersum

Im Jahr 2011 wurde der Husumer Dichter Theodor Storm zum bekanntesten Nordfriesen gewählt. Aus seiner Feder stammt eine Geschichte, die den Nordfriesen bis heute zu Herzen geht, in der sie vieles von sich und ihrer Landschaft, von ihrem Ringen mit der Natur wiederfinden. „Der Schimmelreiter" heißt Storms Erzählung über den jungen Deichgrafen Hauke Haien, nachdem sogar ein Koog in Nordfriesland benannt wurde. Theodor Storm wurde kurz vor seinem Tod mit der Niederschrift seines bekanntesten Werks fertig. Das war im Jahr 1888.

Pferde waren auch stets ein Zeichen von Wohlhabenheit. In manchen Landstrichen gab es nur wenige oder gar keine. So staunten 1843 die Bewohner von Hallig Oland über ein „Wundertier", das zur Ebbezeit von Langeneß herübergelaufen war. Ein Pferd! Niemand wagte, es festzuhalten. Dann aber kam auch schon der Pferdehalter durchs Watt angelaufen und fing sein „Wundertier" wieder ein.

Auf Föhr wurde etwa fünfzig Jahre später der erste Föhrer Pferdezuchtverein gegründet, und zwar in Alkersum. 1902 lebten 730 Pferde auf der Insel, von denen einst viele Stuten und Hengste aus Jütland gekommen waren. Und überall wurden sie gebraucht: für den Transport von Waren und Menschen, auf Feld und Acker, für die Badekarren und beim Pumpen des Nordseewassers in die Warmbadeanstalt am Wyker Sandwall (heute: Café Milchbar). Beim Ringreiten ist das Pferd ebenso ein treuer Freund des Menschen wie beim Ausritt durch die schöne Insellandschaft oder durchs Watt.

Bald gibt es keine Menschen mehr, die sich noch daran erinnern, wie starke Pferde die mit Blockeis, Bier oder Kohlen beladenen Wagen über die Insel zogen und wie das Geklapper der Hufe auf dem Kopfsteinpflaster schon von weitem die Ankunft ankündigte. Das Rattern der Pferdekarren war so ohrenbetäubend, dass die Straßen vor den Häusern kranker oder sterbender Menschen manchmal mit Stroh gegen den Lärm abgedämmt wurden.

Die Zeiten änderten sich, allmählich verdrängten Motoren die Pferdekraft. Immer weniger wurden nach den kräftigen Kaltblütern gefragt. Das Pferd erhielt eine andere Bedeutung für den Menschen, es wurde für manche zum Freizeitvergnügen. Für den Reitsport aber brauchte man nun leichtere Pferde und auch Ponys. Einer der ersten Reiterhöfe auf der Insel steht noch heute am Olhörn gegenüber dem Leuchtturm. Fast wie ein kleines Schloss sieht er aus. Geritten wird dort nicht mehr, aber in Ferienwohnungen hoffentlich ein schöner Urlaub verbracht.

Reiten gehen ist trotzdem kein Problem auf Föhr. Im Jahr 2012 wurden für den Sport und Fremdenverkehr über 800 Pferde auf Föhr gehalten. Allein im Pferdedorf Alkersum stehen zu dieser Zeit etwa 200 Tiere in mehreren Reiterhöfen.

Gibt es auf Föhr noch etwas zu entdecken, das an die Zeit erinnert, als Pferde selbstverständlich zum täglichen Leben gehörten? In Wrixum: An der Wand des Cafés „Alt Wrixumer Hof" gegenüber der Mühle befinden sich noch Eisenringe, an die man einst die Pferde anband. Und vielleicht lassen sich auf Föhr auch noch andere Zeugen aus der Zeit der Pferde finden.

Spuren einer großen Sturmflut in Nieblum

Auf Landkarten oder mit dem Navi ist der Ort Königsbüll in Deutschland nicht zu finden. Dafür müssen wir 400 Jahre zurück in die Zeit vor 1634, als Schleswig-Holstein noch anders aussah. Auf einer alten Karte aus dieser Zeit gibt es den Ort Königsbüll noch. Er liegt auf Alt-Nordstrand, südlich von Föhr. Und beim ganz genauen Hinsehen ist in Königsbüll eine Kirche zu erkennen, die der Kartenzeichner sicher kannte.

In dieser Königsbüller Kirche hing bis zum Jahr 1634 ein Epitaph. Das ist eine Gedenkplatte in Form von Reliefbildern oder Tafelbildern mit Inschriften für Verstorbene. An vielen äußeren und inneren Kirchenwänden Deutschlands befinden sich solche Epitaphe. Diese Gedenkplatten haben nichts zu tun mit der Grabstätte der Verstorbenen, die manchmal sogar in einem anderem Ort sein kann. Epitaphe sollen noch lange an bestimmte Menschen erinnern, auch wenn das Grab schon nicht mehr existiert.

Das Epitaph in der Königsbüller Kirche auf Alt-Nordstrand gedachte dem 1613 verstorbenen Ingwer Siewertsen. Über zwanzig Jahre hing es in der Kirche, und dann kam in der Nacht des 11. Oktober 1634 eine furchtbare Sturmflut über die Menschen. In der Zweiten Groten Mandränke (Großes Menschenertrinken) gingen weite Teile von Alt-Nordstrand in der Nordsee unter. Auch der Ort Königsbüll und seine Kirche verschwanden in den Fluten.

Niemand weiß noch, wie es gelang, das große und schwere Epitaph von Ingwer Siewertsen in diesen

Schreckensstunden zu retten. Aber es gelang. Und es kam nach Föhr, wo es heute in der Nieblumer St. Johannis-Kirche hängt. Die Frau des dortigen Pastors war nämlich eine Enkelin von Ingwer Siewertsen. Sie hatte mit ihrem Mann einen Sohn Peter, dessen Nachkommen bis heute auf Föhr leben. Und so gehört der Königsbüller Ingwer Siewertsen auch ein bißchen nach Föhr.

Das Epitaph kann man sich noch immer ansehen. Es hängt im südlichen Querhaus zum Kirchenschiff und dort an der Wand zum Osten.

Epitaph in der Nieblumer Kirche

Das Schloss von Nieblum

Dass die Wyker dem dänischen König Christian VIII. ein Grundstück am Wasser schenken wollten, ist bekannt. Dass dafür ein Haus abgerissen und an anderer Stelle wieder aufgebaut wurde, auch. Dass daraus nichts wurde, auch.

Von weitem, ja von Föhr aus ist ein Gebäude zu sehen, das für Inselverhältnisse wie ein Schloss wirkt: das „Strandhotel" in Dagebüll. Auf Föhr baute sich im Jahr 1911 ein Wyker Gastronom das Hotel „Schloss am Meer", das hoch oben auf der Geest am Südstrand liegt und einen wunderbaren Ausblick über die Insel- und Halligwelt bietet. Auch nach seiner grundlegenden Modernisierung in den vergangenen Jahren hat das „Schloss am Meer" seine alte Gestalt in etwa bewahrt.

Etwas ganz Neues, sehr Ungewohntes und Überraschendes begegnet Spaziergängern, die auf dem Bohlenweg am Strand entlang von Nieblum in Richtung Wyk unterwegs sind. Erster Eindruck: Bin ich an der Loire? Erste Frage: Ist das nicht ein Naturschutzgebiet? Vor uns steht ein Schloss, oder wie manche zu beruhigen wissen: „nur" ein Herrenhaus. Der Weg dorthin ist verschlungen, die Tore meist geschlossen und der Ausblick auf's Meer grandios. Gebaut hat es hier auf dem alten „Land am Strande" (Waalem) vor einigen Jahren Frederik Dag Arfst Paulsen, dessen Vater einst die Alkersumer Ferring-Stiftung gründete. Und auch das „Museum Kunst der Westküste" gehört neben vielen anderen Engagements zur Familie. So sorgt Paulsen dafür, dass seit einigen Jahren Wein auf Föhr angebaut wird. Das „nur"-Herrenhaus fungiert als „Weingut Waalem“, das in diesem so bezeichneten Flurstück steht.

Um 1920 fand man auf dem alten Siedlungsplatz „Waalem“ ein kleines Urnenfeld in etwa einem halben Meter Tiefe. Drei schön erhaltene Urnen konnten geborgen werden. Als Beigaben fand man eine Fibel (Spange, Nadel zum Halt der Kleidung) sowie graue, grüne und rote Glasperlen. Letztere gingen verloren, aber die Urnen kamen ins Wyker Friesenmuseum. Andere Urnen, die Kinder des Erholungsheims fanden, wurden von ihnen mit nach Hause genommen.

Weingut Waalem

Die zwei Hektar Weinanbaufläche von „Waalem" mit je 5000 Pflanzen der Sorten „Solaris" und „Johanniter" befinden sich in Nieblum und Alkersum. 2009 wurden die ersten Weinstöcke gepflanzt, zwei Jahre später fand die erste Lese statt. Inzwischen werden der Wein und der Sekt „Waalem Brut" überall auf der Insel angeboten, so auch im Wyker Feinkostgeschäft „Kleine Sünden Föhr", was ja irgendwie auch passt.

Na denn „Sünjhaid", wie die Friesen sagen, wenn sie „Prost" oder „Zum Wohl" meinen.

Das gibt es wirklich: Weinreben auf Föhr, hier bei Alkersum

Verborgene Geschichte im Kliff

Das weiße Kliff von Dover in England gehört zu den berühmtesten Steilküsten, die das Meer mit seiner dagegen brausenden Brandung geschaffen hat. Aber auch Föhr hat ein Kliff. Zugegeben, es ist nicht so imposant wie Dover, aber höchst interessant.

Zunächst aber: Föhr ist doch so flach, wie kann denn da noch ein Kliff entstehen? Föhr und seine Nachbarinseln sind Geestinseln im Unterschied zu den Marschinseln Pellworm und Nordstrand sowie den Halligen. Während der Eiszeit schob ein Gletscher Gesteine und anderes Material vor sich her, das nach dem Abschmelzen liegen blieb. Aus diesem „Resthaufen" entstanden die Geestinseln, gegen die die Nordsee immer wieder anschlug und besonders bei großen Fluten jedesmal ein ganzes Stückchen abbrach und mitnahm. Die dabei entstehenden Abbruchkanten nennt man „Kliff", das auch die Bedeutung von „schroffer Felsen" hat.

Nach fast jeder größeren Flut sind interessante Entdeckung in der Abbruchkante des Gotinger Kliffs zu machen. So fand man Spuren von Menschen, die an diesem Platz schon in der Eisenzeit gelebt haben. Sie verwendeten Eisen als Werkstoff für Waffen, Geräte und Schmuck. Auch Wikinger lebten am Goting-Kliff. Im Dorf erinnert der „Wikingwai" (Wikingerweg) daran. Fundstücke aus dem Kliff, die von einer anderen Menschenzeit erzählen, kann man sich im Wyker Friesenmuseum ansehen.

Auf dem Weg von Goting in westlicher Richtung liegt Hedehusum, dessen Kliff nur fünf Meter hoch, aber 2,5 Kilometer lang ist und bis nach Utersum reicht. Dort trägt eine Straße den friesischen Namen „Klaf“ für „Steilufer“ oder „Kliff“. Im Hedehusumer Kliff fand man 2007 ein fast 2000 Jahre altes Tongefäß mit einem Durchmesser von ca. 50 Zentimeter, bei dem es sich wohl um einen Brau- oder Wasserkessel handelt. Zurück nach Wyk gibt noch einmal kurz vor dem Südstrand ein Kliff, das aber sehr flach und kaum noch richtig zu erkennen ist.

Muschelherd

1905 fanden zwei Strandspaziergänger am Steilufer von Goting fast einen Meter unter der Erdoberfläche einen Muschelherd. Zwischen den Resten dieser so bezeichneten Muschelmahlzeit unserer frühen Vorfahren auf Föhr fand man noch Holzkohlenstückchen und einen Stift aus einem Röhrenknochen, mit dem man das Muschelfleisch aus der Schale gelöst hatte.

Eigene Notizen:

Witsumer Aussicht

Dass Föhr nur flach ist, stimmt nun auch wieder nicht. Wo gibt es Aussichtspunkte?

Unser Leuchtturm bei Olhörn darf nicht wie der von Amrum für einen Rundblick bestiegen werden. Das würde sich bei der geringen Höhe unseres Leuchtfeuers auch nicht richtig lohnen. Nicht so einfach, noch andere Höhepunkte auf der Insel zu finden. Vielleicht der Deich oder die Lembecksburg in Borgsum? Es kommt noch besser: Wir haben auch einen Berg auf Föhr! Ganz in der Nähe liegt das Dorf Witsum. Und das hat nun einen Berg zu bieten, der genau genommen eine Düne ist und für die Inselflachlandschaft die enorme Höhe von tatsächlich elf Metern aufweist. Jawohl!

„Sylvert“ heißt der Inselberg. Das bedeutet „Silber“ und kommt aus der Zeit, als der Sand der Düne wohl von weitem silbern schimmerte, denn bewachsen war der „Sylvert“ damals noch nicht. Und was für eine Aussicht man hatte! Besonders in Zeiten, als die Menschen, zumal auf Föhr, noch eine andere Vorstellung von Höhe hatten, lohnte sich ein Sonntags- oder Klassenausflug so richtig. Endlich einmal in die Weite schauen. Auf die Carolinenhöhe, die sich heute im Garten des Wyker Friesenmuseums befindet, schaute man da nur mitleidig hinunter. Aber auch sie war ein Ausflugsziel für die Wyker, zu dem man mit Proviant, Sonnenschirm und festen Schuhen aufbrach. Und auch Maler stellten sich gerne auf die zwei bis drei Meter hohe Carolinenhöhe, die nach einer auf Föhr zur Sommerfrische weilenden dänischen Königin benannt wurde. Ungeahnte Einblicke in die Insellandschaft konnten sie mit Pinsel oder Zeichenstift festhalten.

Der „Sylvert“ aber bot den besten Blick, schließlich ist der Bungsberg bei Kirchnüchel in Ostholstein als größte Erhebung Schleswig-Holsteins mit seinen 168 Metern so viel höher nun auch wieder nicht. Zumal zwischen dem Bungsberg und der Zugspitze ein Unterschied von 2795 Meter besteht. Einen Skilift haben aber beide! Und da sich alles, was sich in Schleswig-Holstein höher als dreißig Meter ohne Menschenhilfe aus dem Boden erhebt, Berg nennen darf, ist der Bungsberg wohl tatsächlich einer. Außerdem liegt er in der sogenannten „Holsteinischen Schweiz“! Da kann Föhr nun doch nicht mithalten.

Das Gedicht „Witsum auf Föhr“ der Inseldichterin Stine Andresen beginnt mit den Strophen:

„Witsum, fern am Inselstrande,
Kleines, stilles Dörfchen du,
Mit dem Schilfstrand am Gewande,
Sei gegrüßt in deiner Ruh'!

Kommst mir immer wie ein sinnend
Scheues Friesenmäglein vor,
Das an seinen Träumen spinnend,
Sich in Einsamkeit verlor.“

Wikinger in Hedehusum

Mit Haithabu, der großen Wikingersiedlung bei Schleswig an der Ostseeküste, können die Hedehusumer nicht mithalten. Nur wenig weist heute noch darauf hin, dass die Normannen, die Nordmänner eine Station auf Föhr hatten. Sie waren die Bewohner Skandinaviens. Manche von ihnen aber verließen ihre Familien und Dörfer und tauchten einige Jahre vor 800 als Seeräuber, Kaufleute, Eroberer oder auch als Gründer neuer Siedlungen an den Küsten Europas auf. Und es heißt, sie seien viel weiter gekommen als wir heute wissen, sogar bis nach Amerika. Aber dort fanden sie nicht, was sie suchten und kehrten zurück. So wurde dann ein paar Jahrhunderte später ein Christoph Columbus (1451-1506) der Entdecker Amerikas.

Zurück nach Europa. Dort machten die Wikinger bis ins 11. Jahrhundert von sich reden. Sie tauchten in England und Schottland auf, in Frankreich erinnert bis heute die Normandie an ihren „Besuch“, sie kamen bis Italien und Sizilien, über die Wolga zum Kaspischen Meer und sogar nach Bagdad. In Deutschland zerstörten sie Köln, Bonn und Trier. Ja, und auf Föhr waren sie auch. Die Menschen hatten Angst vor diesen wilden Horden von Eroberern und flüchteten sich in die Borgsumer Lembecksburg.

Die bei dem Flüsschen Godel in Hedehusum der Insel vorgelagerte Wattenfläche wird als „Nordmannsgrund“ bezeichnet. Münzfunde weisen daraufhin, dass es um 1000 n. Chr. eine Verbindung zwischen Föhr und England gab, wohin wagemutige Friesen die Wikinger auf ihren Kriegszügen vielleicht begleitet haben. Auch die vollständig versandete und verschlickte Godelniederung, die „Wikingerhafen“ genannt wird, weist auf enge Beziehungen zwischen den Inselbewohnern und den Wikingern hin. Ein von Süden nach Norden laufender Priel erweiterte sich im Bereich der heutigen Godelniederung und bildete zusammen mit dem ansteigenden Gelände bei Goting eine Art Hafen für Wikinger und Insulaner.

Vom Leben der Wikinger auf Föhr erzählen so ungewöhnliche Funde wie eine eiserne Schere, ein aus 14 Bernsteinperlen bestehendes Brettspiel und Schildkrötenfibeln, also Spangen oder Nadeln mit Tiermotiven zum Zusammenstecken der Kleidungsstücke. Knöpfe und Reißverschlüsse gab es noch nicht.

Haithabu und Hedehusum

Mit dem Jahr 1000 begann der Niedergang von Haithabu, das dann von Schleswig als Handelsplatz ersetzt wurde. Hedehusum, wo man vom Mittelalter an bis zum ende des 18. Jahrhunderts Salz aus Seetorf gewann, besteht noch heute. Gemeinsam ist beiden Orten, dass sie zu Zeiten der Wikinger eine „Siedlung auf der Heide“ (Haithabu) bzw. ein Hafen „bei den Heidehäusern (Hedehusum) waren.

Dunsumer und Wittenberger Küchenabfälle

Was für ein Ereignis! Eine Sensation! 2004/05 entdeckte man die Abfallgrube des Lutherhauses in Wittenberg. Wie ein schriftlicher Bericht aus lange vergangener Zeit berichtete sie vom täglichen Leben des Reformators und seiner Familie, aber auch davon, dass man lange nach seinem Tod vieles einfach entsorgte und aus dem Fenster schmiss. Über 400 Jahre später entdeckte man bei vorsichtigen Grabungen Erstaunliches. Ein Elfenbeinkamm, ein Goldring ohne Stein, der Griff eines Messers, Schlüssel, Pfannen und Töpfe, hübsch verzierte Krüge, Ofenkacheln, ein dem Hausherrn wohl einst gehörendes Schreibset, Salbentöpfchen der heilkundigen Hausfrau und vieles mehr hatten die Zeitläufte überdauert. Und beim Betrachten der inzwischen ausgestellten Funde sehen wir in unserer Phantasie die Familie Luther am Tisch beim Essen. Die Knochen landen in der Abfallgrube und erzählen Jahrhunderte später viel von den Speisen, die die Hausfrau Katharina Luther zubereitete.

Naja, das war Luthers Kjökenmödinger, sagen die Insulaner ganz locker. Kennen wir, haben wir auch! Aber nicht aus Luthers Zeiten, sondern noch aus viel weiter zurückliegenden. 1911/12 entdeckte man nordwestlich von Groß-Dunsum einen prähistorischen Küchenabfallhaufen. Dieser Kjökenmödinger, wie die Friesen ihn nennen, eines ehemaligen Wohnplatzes enthielt Muschelschalen, Vogelknochen, aber auch Reste von Knochen größerer Säugetiere wie z. B. Hirsch, Reh oder Wildschwein. Wir wissen also einiges darüber, wie sich diese Ur-Föhrer ernährt haben. Und wie bei Luthers fand man im Kjökenmödinger auch Scherben von Gefäßen, manchmal auch fast noch intakte Behältnisse. Im Wyker Friesenmuseum werden sie heute ausgestellt und führen die Betrachter in die vorgeschichtliche Zeit Föhrs, in eine Kultur ohne schriftliche Überlieferung.

Mit Hilfe dieser Fundstücke im Kjökenmödinger konnte nachgewiesen werden, dass in Groß-Dunsum schon zur Jungsteinzeit (4000 bis 1800 v. Chr.), Menschen gelebt haben. Ein rechteckiges, bereits zweiräumiges Haus mit einem gepflasterten Fußboden und einer Herdanlage wird heute als Vorläufer der Friesenhäuser bezeichnet. Pfosten tragen das fast den Erdboden berührende Dach und verstärken in regelmäßigen Abständen die Wände, die aus Zweigen und Flechtwerk bestehen. Vor Wind, Regen und Schnee finden die Menschen eine gewissen Schutz in diesem frühen Friesenhaus.

Blick auf Hedehusum im Westen von Föhr

Wer heult denn da im Wattenmeer herum?

Im Mai 2020 meldete das Wyker Robbenzentrum am Hafendeich den ersten Heuler der Saison. Wen oder was bitte? Als „Heuler“ bezeichnet man die kleinen Seehundbabys, die ohne ihre Mutter gefunden werden. Und warum findet man sie überhaupt in der weiten Nordsee? Weil sie laute, ganz typische Töne von sich geben, die sich wie ein Heulen anhören. Sie suchen ihre Mutter, die sie vielleicht durch einen Sturm, hohen Seegang oder auch durch deren Tod verloren haben.

Pieti, so der Name des Heulers, wurde zu früh geboren. Das konnte man an dem Fell feststellen, das er noch trug.

Vor über hundert Jahren: Ein Föhrer Junge gibt unter Aufsicht seines Vaters, eines Seehundjägers, einem „Heuler“ die Flasche

Normalerweise wird das schon im Mutterleib gewechselt. Warum? Weil die kleinen Seehunde gleich nach der Geburt mit ihrer Mutter schwimmen und bei Niedrigwasser auf einer Sandbank gestillt werden. Mutter und Kind Seehund bleiben dann die nächsten Wochen eng zusammen und können sich schon nach kurzer Zeit am Geruch erkennen. Bei Pieti ist irgend etwas dazwischen gekommen, er war unterkühlt und sehr schwach. Ohne die Hilfe des Menschen hätte er keine Chance gehabt, zu überleben. Nach einigen Tagen aufmerksamer Pflege im Robbenzentrum aber hatte er allerdings schon zugenommen und sich auch etwas erholt. Und irgendwann geht's dann wieder zurück in die Nordsee.

Selten sieht man Seehunde vor Wyk, sie halten sich lieber im äußeren Küstenbereich auf. Wenn es aber wärmer wird, liegen sie auf Sandbänken zwischen Föhr, Langeneß und Amrum gemütlich in der Sonne und dösen. Das haben sich früher die Seehundjäger zu Nutze gemacht. Manche machten das beruflich, andere aus Spaß am Abschießen. So waren 1956 240 Seehunde zum Abschuss freigegeben. Ja, es muss gesagt werden, dass die Felle dann zu Mänteln, Hüten, Geldbörsen, kleinen Tieren mit echtem Fell und anderen Andenken verarbeitet wurden. Seehund-Souvenirs! Inzwischen ist die Seehundsjagd schon lange verboten, nämlich seit 1974. Und so konnte sich die Seehund-Population von damals (5000) bis heute ganz gewaltig erholen (40.000).

Schon 1833 heißt es in einer Naturgeschichte: „Es ist beynahe unglaublich, wie zerstörend der mensch auf die thiergeschlechter einwirkt ... um davon nur ein beyspiel zu geben, wollen wir nur der seehund-jagd erwähnen."

Achtung!
Nicht jeder kleine Heuler wurde von seiner Mutter endgültig verlassen. Oft kehrt die Mutter erst nach längerer Zeit zurück, weil Seehunde auch weit außerhalb des Wattenmeeres in Richtung offene See jagen. Und deshalb sollte man das kleine Tier nicht anfassen oder mit anderen Aktionen beunruhigen. Abstand halten! Am liebsten 100, noch besser 200 Meter. Notfalls alarmiert man die Polizei oder die Schutzstation Wattenmeer. Auf Föhr gibt es auch ehrenamtliche Seehundjäger, die die Tiere allerdings nicht jagen, sondern in Notlagen helfen. 45 Seehundjäger arbeiten im Jahr 2020 an der Küste Schleswig-Holsteins.

Eigene Notizen:

Hai-Alarm vor Föhr

„Hyänen des Meeres" nennen manche die Haie auch, deren Angriffe auf Menschen immer wieder für Schlagzeilen sorgen. Für Angst und Schrecken in den Kinosesseln sorgte einst der Film „Der weiße Hai", und manche fragten sich danach, was da wohl alles so unter ihnen herumschwimmen und vielleicht sogar angreifen könnte.

Immer suutje bilang (heißt: langsam, langsam, keine Aufregung), in der Nordsee um Föhr herum kann allenfalls die Blaue Nesselqualle für starkes, allerdings stundenlanges Brennen auf der Haut sorgen, ein am Boden des Wattenmeeres laufender Taschenkrebs in den großen Zeh beißen oder eine scharfe Muschelkante uns verletzen. Also, nix mit Haie! Obwohl ...

Vor über hundert Jahren hing einem Fischer aus dem Dorf Oldsum, der seine Angel zwischen Föhr und Sylt ausgeworfen hatte, ein 1,30 Meter langer Hai am Haken. Das war ein so seltener Fang, dass man den Hai präparierte und ausstellte. Der noch junge Hai hatte wohl die Orientierung verloren, denn er und seine Artgenossen kommen nur im Atlantischen Ozean und im Mittelmeer vor. Die Nordsee ist kein Lebensraum für Haie. Es sei denn, der Klimawandel ... Aber das lassen wir jetzt.

Dicke Hunde und tanzende Gänse

Wenn schon keine Haie in der Nordsee unterwegs sind, welche größeren Tiere leben dann im Wattenmeer?

Mit über 200 Kilogramm schwimmt die Kegelrobbe an erster Stelle der Tier-Rangliste. Seit etwa vierzig Jahren gibt es, nachdem Kegelrobben nur noch in der Ostsee lebten, wieder eine Kolonie vor Amrum. Und jedes Jahr gibt es eine große Kinderstube mit vielen Jungtieren. Seit einigen Jahren werden sie mit Flossenmarken versehen. Und siehe da, sie sind ganz schön unterwegs. Bei Helgoland hat man Kegelrobben aus der Amrumer Kinderstube gesichtet.

Im Durchschnitt 70 Kilogramm weniger als die Kegelrobbe trägt der Seehund mit sich herum, wenn er sich schwerfällig über die Sandbank bewegt, weshalb er sich auch viel lieber im Wasser tummelt. Und wenn er sein Köpfchen mit den großen Kulleraugen über das Wasser hält, sehen wir an seiner Kopfform auch, warum man ihm einst den Namen „Seehund“ gab.

In der Rangliste der größten Tiere im Wattenmeer steht nun an dritter Stelle der Schweinswal mit etwa 90 Kilogramm. Unter den Walen ist er zwar der kleinste, aber im Küstengewässer nicht zu übersehen – wenn er sich denn einmal blicken lässt. Viel Zeit hat er nicht für Sightseeing, er ist nämlich täglich ca. 15 Stunden auf der Jagd, um genügend Nahrung zu bekommen. Und die ortet der Schweinswal wie der Delphin mit Ultraschall-Klickgeräuschen.

An vierter Stelle steht der Atlantische Lachs mit immerhin etwa 40 Kilogramm. Da fallen schon ein paar gute Portionen ab für die Fischliebhaber in den Wyker

Restaurants. Übrigens: Dort riecht es nie wie in manchen festländischen Lokalen „etwas komisch“ nach Fisch. Ganz einfach, der Fisch ist so frisch, dass er gar keine Zeit zum Riechen hat.

Die „Dicklippige Meeräsche“, die auch eine dünnlippige Verwandte hat, kommt auch immer wieder auf den Tisch. Mit neun Kilogramm ist sie immer noch dreimal so schwer wie eine leichte Scholle, mit der wir jetzt auf Platz sechs der größten Tiere im Wattenmeer angekommen sind. Schollenessen ist für manche (fast) wie Weihnachten. Der Klassiker ist die gebratene Scholle, aber nach einem alten Föhrer Rezeptbuch hat man sie auf der Insel auch in einem Sud aus Zwiebeln, Salz und „allerlei Wurzelwerk“ gekocht.

Knapp unter der schwersten Scholle von 7 Kilogramm liegt der Seeadler mit einem Höchstgewicht von 6, 9 Kilogramm. Seine Flügel haben eine Spannweite von 255 Zentimeter. Damit ist er gar nicht weit entfernt vom Albatros, der allerdings auf der südlichen Halbkugel lebt. Männer zur See sagten einst: „In jedem Albatros lebt die Seele eines toten Seemanns.“ Majestätisch dahinschwebend sollen sie über Tage die Schiffe um Kap Horn begleitet haben.

Am Ende der Rangliste schnattern auf den drei letzten Plätzen die Eiderente (drei Kilogramm), die Nonnengans (bis zu zwei Kilogramm) und die kleine Ringelgans (1,5, Kilogramm). Das südlichste Brutgebiet der Eiderente ist die deutsche und niederländische Nordseeküste. Mit ihren sich selbst ausgerissenen Daunen wärmt sie die Brut, wenn sie auf Nahrungssuche unterwegs ist. Nach dem Schlüpfen der kleinen Entlein geht es gleich mit anderen Entenmüttern und deren Kindern ins Wasser, wo alle zusammen unter mütterlicher Aufsicht erste Schwimmversuche unternehmen.

Die Nonnengans (man beachte das Kopfgefieder!), auch Weißwangengans genannt, gilt als Schönheitskönigin unter den heimischen Wildgänsen. Ihr Brutgebiet ist Spitzbergen, wo sie ihr Nest auf Felsvorsprüngen hat, von denen die eben geschlüpften Jungen schon bald mutig hinunterspringen müssen, um ihren Eltern zu folgen. Die Angst vor dem Polarfuchs treibt die Nonnengans so weit nach oben. Recht hat sie, denn die einst auf Sylt brütende Eiderente verschwand, nachdem über den Hindenburg-Damm wahrscheinlich Füchse auf die Insel gelangt waren. Und zum Schluss: die Ringelgans. „Klein, aber oho!“, kann man nur sagen. In Scharen von einigen Zehntausenden (!) ziehen sie manchmal über den nördlichen Himmel und erfreuen den Menschen mit einer einmaligen „Tanzflugdarbietung“.

Weißwangengans

Fische haben Gräten

Nein danke, sagte die noch sehr junge Karin, als man sie zum Schollenessen einlud. Dieses Herumgetüddel mit den Gräten, vielen Dank! Als sie aber erfuhr, dass man ja auch filetierte Schollen bestellen könne, sah die Sache ganz anders aus.

Und noch eine Erinnerung: Ein Onkel von mir war Fischer in Friedrichskoog und legte oft mit seinem Kutter im Wyker Hafen an. Im Haus seiner Schwiegereltern übernachtete er manchmal und brachte als „Bezahlung" für Unterkunft , Essen und Teepunsch manchmal, aber wirklich nur manchmal, den Beifang mit, den er ja eigentlich der Nordsee zurückgeben hätte müssen. Nach einem ausgiebigen Klönschnack mit seinem Schwager Otto, meinem Vater, gab er ihm schließlich einen kleinen Gruß für Zuhause mit. Es war spät geworden, und dort mussten wohl die Gemüter beruhigt werden. Jedenfalls, dieser kleine Gruß war ein Teil des Beifangs und er bestand, ich erinnere mich gut, aus einem Eimer (!) kleiner Seezungen.

Meine Mutter kriegte die große Eisenpfanne zu Feuer und briet die kleinen Seezungen wie am Fließband. Wie die schmeckten! Und das Beste: Sie waren so klein, dass sie noch gar keine richtigen Gräten hatten. So meinten wir zumindest und aßen alles mit auf. Endlich einmal „Fisch satt"!

Von ganz anderen Erfahrungen berichtet der Schauspieler und Kabarettist Heinz Erhardt:

„Das Meer reicht bis zum Strande
Und dann verläufts im Sande
Ganz plötzlich und abrupt.
In ihm gibt's viele Fische,
die essen wir bei Tische
gekocht und abgeschuppt.

Doch wozu gibt's die Gräten?
Sie wären nicht vonnöten,
sie schmälern den Genuss.
Denn bleibt mal eine stecken,
so kann man leicht verrecken -
viel eher, als man muss!"

Ein Kutter zwischen den Halligen und Föhr

Ohrenstöpsel für Fische

Von weitem, ohne sie zu sehen, sind die Fähren und andere Schiffe zwischen den Inseln, Halligen und dem Festland schon am Strand, im Watt oder auf der Promenade zu hören. Wie mag es da den Fischen gehen, wenn so ein, aus ihrer sicht, Ungetüm durch das Wasser pflügt? Vor allem, wenn man bedenkt, dass sie angeblich zu straff gezogene Fischernetze hören können und das auf die gleiche Weise wahrnehmen wie wir Menschen einen Faden im Wind.

Tatsache ist, in den Meeren herrscht ein Höllenspektakel, vor dem Fisch und Co. sich eigentlich nur mit Ohrstöpsel schützen kann. Wasser ist ein wesentlich besserer Schallleiter als Luft, sehr zum Nachteil der Tiere. Hauptschifffahrtswege wie der Ärmelkanal zwischen Großbritannien und Frankreich sind für die Bewohner der Meere so laut wie Autobahnen. Auch der Bau von Windparks ist eine Umweltverschmutzung durch Lärm. Der schadet vor allem den Tieren, die sich durch Töne verständigen. Blauwale brauchen kein Telefon, sie unterhalten sich durch Töne über eine Distanz von 3 500 Kilometern. In den vor Corona von Fähren und Containerschiffen so stark befahrenen Gewässern um Hongkong sind neuerdings wieder die Rosa Delphine zu sehen. In den nun ruhigeren Wasserregionen finden sie wieder Lebensbedingungen, die ihnen die Gruppenbildung und das Knüpfen von Kontakten ermöglichhen.

Auch der Rote Knurrhahn „spricht". Er ist einer der farbenprächtigsten Fische in der Nordsee, lebt in etwa acht Meter Tiefe und kann bis zu 70 Zentimeter lang werden. Meistens kommt er aber mit 20 bis 30 Zentimeter auf den Teller, denn sein festes, weißes Fleisch machen ihn sehr begehrt als Speisefisch. Dann hat sich's ausgeknurrt. Auf seinen wegen durch die Nordsee aber erzeugt der Rote Knurrhahn durch Schwingungen seiner Schwimmblase knurrende Laute.

Wissenschaftler meinen, dass manche Fische schon aus den Küstengewässern vertrieben wurden, als der Mensch begann, sich mit Motoren statt mit Segeln auf dem Wasser fortzubewegen. Und dann gibt es immer wieder die Nachricht von gestrandeten Walen, die vielleicht auch durch den Lärm die Orientierung verloren haben, weil sie ihre gegenseitigen Richtungsangaben durch Töne nicht mehr wahrnehmen konnten.

Vor über hundert Jahren wurde ein toter Wal am Toftumer Deich angetrieben. Er wurde abgespeckt und der Tran in Flaschen abgefüllt. Nach drei Tagen trieb das Hochwasser den Wal nach Hallig Hooge, wo der Kadaver vergraben wurde.

Krebse hören ihren Lieblingsort im Wasser

Meeresgeräusche spielen für manche Krebse eine wichtige Rolle, damit sie ihre endgültige Heimat finden, nachdem sie während ihrer Entwicklung lange frei im Meer herumgeschwommen sind. Experimente haben gezeigt, dass Krebse an den Geräuschen des Wassers erkennen können, wo sie sich befinden und ob das der richtige Platz ist, um sich nun am Boden niederzulassen. Das Wasser kühler Zonen klingt anders als das der tropischen, und auch in Küstennähe hört es sich anders an als draußen auf dem Meer.

Fische mögen kein Duschpeeling

Die Plastikteilchen in Miniausgabe, die sich in Duschgel, Waschlotion oder Make-up befinden, bemerken wir in der Regel nicht und sehen können wir sie schon gar nicht mit bloßem Auge. Anders sieht es beim Duschpeeling aus, das uns mit seiner etwas sandigen Konsistenz die Haut schön weich rubbeln soll. Und wo geht das Abgerubbelte hin? In den Abfluss und weg. Von wegen! Wenn wir Pech haben, liegt unser Duschpeeling eines Tages wieder vor uns – in einem Fisch auf unserem Teller. Na denn, guten Appetit!

„Naja, wir essen ja nicht den Darm des Fisches", heißt es dann. Wissenschaftler aber können nicht ausschließen, dass diese Teilchen nicht auch ins Fischfleisch gelangen. Klein sind die Plastikteilchen, aber gigantisches Umweltproblem, denn jährlich setzt die Kosmetikindustrie 500 Tonnen Mikroplastik ein. Die Filter der Kläranlagen schaffen es nicht, die Kleinstteilchen festzuhalten und so gelangen sie in die Flüsse und Meere, in die Fische und Meeresfrüchte, schließlich in unseren Magen und über unsere Ausscheidungen wieder in der Kläranlage ... Sie lösen sich nicht auf und bleiben für immer in unserer Umwelt. Und nicht nur das, an den kleinen Partikeln lagern sich Umweltgifte an, die somit auch in die Nahrungskette gelangen.

Und wer vielleicht davon träumt, dass sich das schon irgendwie regeln wird, dem sei gesagt: Plastik schwimmt und legt sich nicht zur Ruhe auf dem Meeresboden. Und selbst wenn, bei seinem Tiefseetauchgang in den Marianengraben (fast 11 000 Meter) stellte Jacques Piccard 1960 fest, dass es auch dort in der Tiefsee Strömungen gibt und warnte vor der Versenkung von Atommüll im Meer. Er würde zwangsläufig irgendwann wieder nach oben kommen.

Schlaues Tierchen

In den Meeren der Welt lebt ein zentimeterkleines Tierchen, das wie ein weißer Wurm aussieht und auf ganz ungewöhnliche Weise mit den Mikroplastikteilchen umgeht. „Bathochordaeus“, so heißt das kleine Wesen, bildet eine schleimige Ballonhülle , die bis zu einem Meter im Durchmesser haben kann. Damit filtert „Bathochordaeus“ mehrere Liter Wasser pro Tag. Ist der Ballon voll mit Mikroplastik-Dreck, wirft das Tierchen ihn ab und bildet einen neuen.

Eigene Notizen:

Fische aus dem Garten

„Sie flechten Fäden aus Seegras und Sumpfbinsen, um Netze zu haben, die sie den Fischen entgegenstellen können", heißt es über die Menschen am Meer im ersten Jahrhundert nach Christi Geburt. Diese alte Fischfangmethode hat sich über die Zeitläufte erhalten und nur wenig verändert.

Vielleicht waren es die frischesten, die jemals auf die Inselteller kamen, die Fische aus den Fischgärten. Mancher Fischgarten war so groß, dass man ihn vom Goting Kliff draußen im Watt bei Utersum sehen konnte. Mit seinen Zäunen, Körben und Reusen ist er eine ganz besondere Anlage zum Fischfang, wobei die kegel- oder tonnenförmige Reuse aus Weiden-, Netz- oder Drahtgeflecht besteht. Beim Ablaufen des Wassers geraten die Fische in diese Vorrichtung mit einem trichterförmigen Eingang und können sich nicht mehr befreien.

Bei Ebbe werden die Fische dann vom Guardenfischer (friesisch: guard = Garten) geholt. Zum Fang gehört der grüngrätige Hornfisch, Schollen, Aale, Seezungen, auch mal ein Heilbutt oder Rochen und ganz selten ein Tintenfisch. Das stand einst dann auch gleich am nächsten Tag in der Zeitung! Eine Insulanerin erinnert sich an ihre Jugendzeit um 1910 und einen Fischer aus Süderende: „Er fing sie im eigenen Guard und fuhr damit gleich über die Insel. Er ging in jedes Haus und rief auf Friesisch mit dänischem Einschlag ‚Skollen, Hurnfask!' „ Und ein Inseljunge erzählt von früher: „Meine Eltern bekamen oft eine Wanne voller Fische. Die sprangen, flatterten und schlängelten sich in der Wanne, und Mama sagte wieder: ‚igittigitt!' Dann gab es Fisch zum Mittagessen, und

Arbeit im Fischgarten

aus den Rochen wurden Frikadellen gemacht. Das alles schmeckte prima. Alles andere hat Papa dann fein sauber gemacht und auf Drahtstangen gespießt. Die kamen in das große Fass, das im Garten stand, zum Räuchern."

Fischgärten müssen „gepasst" werden, wie man bei uns sagt. Ebbe und Flut gehen und kommen, egal was passiert. Und so wird von einem alten Wyker Fischer, der seinen Garten am Südstrand hatte, erzählt, dass er bei jedem Wetter und zu jeder Tag- und Nachtzeit unterwegs war, und dass selbst eine Sturmflut, die ihm die ganze Anlage zerstört hatte, ihn nicht entmutigte." Ein kleines Mädchen hört ihn oft nachts mit der Handkarre am Haus ihre Eltern vorbeifahren – ohne Gummireifen, aber mit Gaslaterne.

„Die richtigen Fischer sind eigensonderliche Menschen; sie mögen am liebsten alleine sein. Sie halten Zwiesprache mit Wind und Wetter, sie sind große Naturfreunde, sie kennen die Gewohnheiten der Vögel und Fische, sie stehen mit dem Wasser auf Du und Du", erzählt einer, der sie in seiner Jugend manchmal begleiten durfte.

Mit der Reuse im Fischgarten

Warum sind Krabben so teuer?

Der Wittling ist schuld. Das ist ein 30 bis 40 Zentimeter großer Fisch, der zur Verwandtschaft des Kabeljaus gehört und auch ein ähnliches Fleisch hat. Unter bestimmten Umständen ernährt sich der Wittling von Krabben. Und zwar dann, wenn der Nachwuchs so rechtzeitig ins Wattenmeer kommt, dass die Krabben schlundgängig sind, also in sein Maul passen. Und so werden viel weniger Krabben überhaupt so groß, das sie in den Netzen der Krabbenfischer hängen bleiben. Und wenn es wenig Krabben gibt, steigt der Preis.

Fischer erleben solche Wittling-Katastrophen meistens mehrmals während ihres Berufslebens, so auch 1990 und 2017. Und wenn sie Pech haben, kommt nach der schlechten Krabben-Saison im nächsten Herbst gleich noch die nächste. Wenn aber der Herbst die Krabbenhauptsaison ist, wie kommen dann die Krabben schon im Frühjahr und Sommer in das Brötchen? Fast drei Viertel aller Krabben werden im Herbst gefangen und dann eingelagert, so dass die Fans der kleinen Nordseegarnele jederzeit bedient werden können.

2019 wurden 1062 Anläufe von Krabbenkuttern im Wyker Hafen verzeichnet. Früher aus Holz und 10 bis 13 Meter lang, sind sie heute bis zu 20 Meter lang, kosten als Neubau über eine Million, verfügen über 300 PS, Radar, Echolot und Selbststeuerung. 2013 hatten fünfzig Krabbenkutter ihren Heimathafen in Nordfriesland, drei davon in Wyk. Krabben verstecken sich tagsüber im Wattboden und gehen nachts auf Nahrungssuche. Damit ist auch die Frage geklärt, warum Krabbenkutter gegen Abend auf Fang hinaus fahren.

So schön frisch und rosig sieht sie allerdings nicht aus, wenn sie den Fischern ins Netz geht. Noch lebend – und das ist wichtig, sonst werden sie ungenießbar – kommen die Krabben an Bord des Kutters erst in die motorisierten Schüttelsiebe, dann ins heiße Wasser, in dem

Der Wyker Krabbenkutter „Claudia"

sie gekocht werden. So erhalten sie ihre rötliche Farbe und die gekrümmte Form. Und erst dann kann man das Fleisch aus dem Panzer schälen. Es gibt Wissenschaftler, die nach Experimenten mit Elektroschocks davon ausgehen, dass Krabben Schmerzen empfinden können. Vielleicht krümmen sie sich deshalb? Oder warum sollten sie wohl sonst aus dem Topf mit heißem Wasser auf den Herd springen, nachdem die Hitze zu niedrig war, um sie gleich zu töten? So erlebte es einst ein Junge „mit Schrecken" und erzählte davon noch als alter Mann.

Bei ihm zu Hause sprach man von Porren, und das ist auch genauer als „Krabbe". So werden nämlich nur Krebse mit eingeklapptem Schwanz bezeichnet. Garnelen oder Porren sind aber langschwänzig. Begehrt waren sie schon immer. So sollen Fischerfrauen einst mit dem Ruf „Porrn hemm'n, Porrn hemm'n? Grot as junge Hunde!" durch Husum gelaufen sein, um ihre stehend in der Nordsee mit dem Schiebenetz gefangenen und in die umgeschnallten Körbe gegebenen Porren zu verkaufen. Dafür liefen sie manchmal über Nacht auch bis nach Flensburg oder Schleswig, wobei sie unterwegs ihre Schuhe auszogen, um sie zu schonen.

Aus zehn Pfund Krabben werden nach dem Pulen drei Pfund Fleisch. Geübte Krabbenpulerinnen wie eine Tante von mir, deren Mann Krabbenfischer war, benötigen dafür drei Stunden. Heute erledigen diese Arbeit Polinnen und Marokkanerinnen in ihren Ländern, von wo das Fleisch dann konserviert zu uns zurückkehrt. Seit 2008 steht in Cuxhaven die erste Krabbenschälfabrik Europas. Und wenn alles ausgepult und aufgegessen ist, wohin dann mit den vielen Krabbenschalen. Sehr schnell riechen sie unangenehm, und verpacken wir sie sehr, sehr gut und dann ab in die Mülltonne. Jährlich gehen sechs bis zehn Millionen Tonnen Porrenschalen diesen Weg. In der Zukunft könnte sich das aber ändern. Sie enthalten nämlich große Mengen an Chitin. Das einfach wegzuwerfen, ist Verschwendung. Pfiffige Köpfe haben aus den

Krabben fing man einst mit dem Schiebehamen

Schalen schon Nahrungsergänzungsmittel, Hautpflegeprodukte oder Fußgel entwickelt.

Wer diese kleinen Tierchen in ihrer natürlichen Umgebung und nicht nur auf dem Brötchen sehen möchte, bleibt einfach ein kurze Weile ruhig im Wattenmeerwasser stehen. Und schon sind sie da und wuseln um die Füße herum: die kleinen, grauen Porren.

Kleine Porre war mal ganz groß

In Schleswig-Holstein werden jährlich mehrere tausend Tonnen Porren gefangen. Dabei wird eines über die Jahre immer deutlicher: Sie werden stets kleiner. Zehn Zentimeter (!) groß sollen die Porren früher gewesen sein, heute sind solche mit acht Zentimeter schon eine Ausnahme. Die Porren werden zu früh gefangen, dadurch meistens nur ein Jahr alt und oft nur fünf Zentimeter groß. Und warum werden sie so früh gefangen? Weil wir Menschen sie so gerne essen und die Fischer so ihr Geld verdienen und auch in tieferen Meeresbereichen ihre Netze auswerfen.

Was macht der Koch im Watt?

Eines ist klar: Watt-Spaghetti kann man nicht essen.

Aber was ist mit Meerstrandwegerich, Essbaren Seeigeln, Löffelkraut, Mehrkohl und Algen? Wenn ein Inselkoch suchend durch das Watt geht, läuft manchem schon in der Aussicht auf ganz spezielle Köstlichkeiten das Wasser im Mund zusammen. Da, die länglichen Gräser, das ist der „Spinat der armen Leute". Die Rede ist vom Meerstrandwegerich. Wegen seines Standorts an der salzigen Nordsee, die ihn auch manchmal überspült, schmeckt er vielleicht nicht salzig, aber gut würzig. Auf den Halligen aß man ihn schon immer gerne. Und so berichtete ein Kurgast, der erst nachträglich erfuhr, was er genau gegessen hatte: „Heute habe ich Gras mit gekochten Eiern gegessen." Nach einem alten Föhrer Kochbuch wird der Meerstrandwegerich in Milch weich gekocht und dann in eine Soße aus Butter, Mehl, Sahne oder Milch gegeben, die gewürzt ist mit geriebener Muskatnuss, Pfeffer und Salz.

Viel schwieriger zu finden ist der Essbare Seeigel, der sich nur selten in Küstennähe, sondern lieber im tiefen Wasser ab zehn Meter aufhält. Er ist apfelgroß und blau, violett und rot gefärbt. Teile seiner Organe gelten in manchen Regionen als Delikatesse.

Eine solche war auch der „Grönländische Salat" aus Löffelkraut für die Überlebenden einer Schiffskatastrophe, bei der im Spätsommer 1777 vor der Ostküste Grönlands 14 Walfangschiffe untergingen. Von den 440 Seeleuten, zu denen auch Föhrer gehörten, kam über die Hälfte um. Die letztendlich ca. 150 überlebenden Männer erreichten erst im folgenden Frühjahr die bewohnte Westküste.

Sie hatten sich durch den polaren Winter, Gefahren und Hungersnot gekämpft. Muscheln, Seehunde, Vögel und Löffelkraut, das zu den ersten Pflanzen im Jahr zählt, halfen beim Überleben. Der hohe Vitamin-C-Gehalt des Löffelkrauts und die geringen Bitterstoffe machen es genießbar und verhindern die Erkrankung an Skorbut, weshalb es auch Skorbutkraut genannt wird.

Meerkohl könnte man vielleicht als „Spargel der armen Leute" bezeichnen. Die bis zu 70 cm hoch wachsende Staude, deren weiße Blüten nach Honig duften, wächst an den Küsten West- und Nordwesteuropas. Die gelblichen Jungtriebe liefern im Vorfrühling ein nach Spargel schmeckendes Gemüse. Meerkohl gehört zu den alten, vergessenen Speisen an der Küste, die gerade von innovativen, experimentierfreudigen Köchinnen und Köchen wieder entdeckt werden. Erinnerungen der Großmütter an Gerichte von einst, das Wissen über besondere Kräuter und das Schmökern in alten Kochbüchern inspiriert. Und so lesen wir in einem Kochbuch aus dem 18. Jahrhundert unter „Lachs gebraten": „Ein frischer Lachs wird in Scheiben geschnitten und mit Nelken besteckt, sie auf dem Rost braten und fleißig mit Butter bestreichen. Die Soße wird gemacht von Wein, Zucker, gerieben Brodt, Saltz, Canehl [Zimt, d. V.], gantze Nelken, Citronenscheiben, in diese Soße wird der Fisch mal aufgestopt [mit Milch zubereitet, d. V.]."

Algen sammelten die in Irland die Armen, um eine geschmackliche Abwechslung zu den ewigen Kartoffeln zu haben. In Japan sind sie schon lange eine Selbstverständlichkeit, man denke nur an die Sushi-Rolle. Getrocknete Algen kann man knabbern und in zahlreichen anderen Zubereitungen essen. Sie machen aus Kohlenstoffdioxid

Sauerstoff und Energie, sie wachsen bis zu 20-Mal schneller als Pflanzen auf dem Land und produzieren 30-Mal mehr verwertbare Fette als z. B. Raps. Und das Schönste: Algen sind eine unendliche Ressource, die einfach so im Meer wächst ohne Dünger, Pflege oder andere Arbeiten. Und Algen sind das einzige Gemüse, für dessen Erzeugung kein Süßwasser benötigt wird. Damit bewahrheitet sich eine Zukunftsvision. Vor etwa dreißig Jahren hieß es: „Versuche, Grünalgen infolge ihres hohen Gehaltes an Eiweiß, Fett und Stärke zu Kulturpflanzen zu machen, sind wichtig für die menschliche und tierische Ernährung in der Zukunft." Die ist inzwischen schon da. Für Rinder gibt es seit 2007 ein Futter mit Rotalgen, damit sie weniger rülpsen und pupsen – das ist Klimaschutz.

Und im Watt ist der Koch unterwegs, um die schmackhaften Speisen aus den Zutaten des Meeres für uns zu kreieren.

Eigene Notizen:

In welche Muschel passt ein Bleistift?

Länglich, herzförmig oder rund sind die meisten Muscheln, die wir kennen. Es gibt aber Ausnahmen. Die gelbbraune Schwertmuschel, die auch am Föhrer Strand zu finden ist, kann nämlich bis zu 16 cm lang werden. Ein kleinerer Bleistift passt also mühelos zwischen die untere und obere Schale, die innen rosaweiß schimmert. Die Schwertmuschel heißt so, weil sie in ihrer schmalen, Bogenform einem Schwert ähnelt. Besonders wohl fühlt sie sich im Sand des Wattenmeeres. Dort lebt sie in Gängen, die 5 bis 30 Meter tief liegen können. Die Schwertmuschel verfügt über einen kleinen Fuß zum Graben, der sie nach unten, aber auch wieder nach oben bringt – und zwar ganz schön schnell.

Schnell ist auch die gewöhnliche Herzmuschel. Ihre geriffelten Schalen in Weiß, Gelb, Blaugrau oder Braun sind überall am Strand und im Watt zu finden. Dort leben manchmal auf einem Quadratmeter bis zu 5000 Exemplare. Mit einem kleinen Grabfuß buddelt sich die Herzmuschel in den Sand ein und bekommt durch zwei Röhren nach oben Atemwasser und Nahrungsstoffe. Dieser Fuß ist so stark, dass sie damit 50 Zentimeter weit springen kann. Fische und Seevögel, und hier besonders die Möwen, ernähren sich von der Herzmuscheln, aber auch der Mensch isst sie in manchen Küstenregionen.

Besonders hübsche Farben zeigt die daumengroße Plattmuschel. Sie ist wesentlich kleiner und feiner als die Herzmuschel und sehr beliebt bei Muschelsammlern. Besonders hübsch und dekorativ für einen maritim gedeckten Tisch sind sie, wenn beide Hälften noch aneinanderhängen. Wegen ihrer rosaroten Farbe nennen manche die Plattmuschel auch „Rote Bohne". Aber aufgepasst! Die Muschel bleicht in der Sonne schnell aus und liegt dann weiß am Strand. Sie kann 25 Jahre alt werden – wenn sie keiner Nabelschnecke begegnet. Die bohrt nämlich mit ihrer Zunge ein Loch in die Schale und saugt die Muschel aus. Plattmuscheln lieben Salz, deshalb kommen sie in der weniger salzigen Ostsee nicht oft vor.

Zu den Köstlichkeiten in den Ferien am Meer gehört für viele ein Muschelessen. Auf Muschelbänken können bis zu 12 000 Muscheln leben. Sie sind miteinander verbunden durch drahtartige Fäden, die die Muschel selbst bildet. Sie ernährt sich, indem sie stündlich drei Liter filtert, aus dem sie alle möglichen Organismen nimmt. 15 Jahre alt kann eine Muschel werden, wenn sie nicht vorher von anderen Tieren gefressen wird oder auf dem Teller von uns Menschen landet. Muscheln sind eine uralte Nahrung der Küstenmenschen, die ihnen in schweren Notzeiten wie nach den beiden Weltkriegen über die schlimmste Zeit hinweggeholfen hat.

Eine Wykerin, die ihr Restaurant am Hafen hatte, servierte wohl die frischesten Muscheln auf der ganzen Insel. Sie lagerte sie nämlich in Säcken im Hafenbecken, aus denen das Küchemädchen dann mehrmals am Abend Muscheln für die nächsten Bestellungen holte.

Darf man Muscheln nur in den R-Monaten essen?

Das hatte früher einmal Gültigkeit und wohl seine Berechtigung. In den Monaten ohne den Buchstaben „r" können Muschelvergiftungen auftreten, weil die Algen, von denen sich Muscheln ernähren, in dieser Zeit blühen und giftige Stoffe produzieren, die dem Menschen sehr schaden können. Außerdem gab es früher keine Kühlschränke, so dass die Muscheln im Sommer schnell verdarben.

Heute werden Muscheln entsprechend einem EU-Gesetz ganzjährig auf Giftstoffe untersucht. Trotzdem essen manche Menschen in den Monaten ohne „r" keine Muscheln, weil sie zu dieser Zeit laichen und dadurch nicht so gut schmecken.

Schwertmuschel

Herzmuschel

Woher kommen die Spaghettihaufen im Watt?

Nichts als plattes Land, das bald wieder von der Nordsee überflutet wird, dehnt sich vor Wattwanderern aus. Nicht ganz platt, denn bei jedem Schritt liegt ein kleiner Haufen im Weg, der aussieht wie Spaghetti aus Sand.

Als kleines Mädchen traute ich mich nicht, darauf zu treten und lief auf Zehenspitzen durchs Watt. Dabei sind diese Sandspaghettis gar nichts Schlimmes. Gräbt man direkt unter den Haufen im Watt, findet man schnell den Spaghettihersteller: den Wattwurm, der einen Zentimeter dick und 40 Zentimeter lang werden kann. Er ernährt sich vom Sand, aus dem er ganz, ganz kleine Tierchen und Pflanzenteile filtert. Und wenn er sich den Bauch vollgeschlagen hat mit Sand, muß er auf die Toilette. Also kriecht er durch seinen Watttunnel bis zur Oberfläche, streckt sein Schwanzende nach oben und hinterläßt einen Haufen Wattwurm-Kacke. Das kann für ihn gefährlich werden, denn seine Feinde wie Scholle, Strandkrabbe, Austernfischer, Möwe oder Brachvogel warten nur darauf, jedenfalls ein Stückchen seines Schwanzes zu erbeuten. So schlimm ist das allerdings nun auch wieder nicht, denn der Wattwurm kann diesen Teil bis zu dreißig Mal in seinem Leben wieder erneuern.

Ekelig ist es also überhaupt nicht, auf die Watt-Spaghetti zu treten, denn der Wattwurm hat ja alles herausgefiltert. So kann man also ganz beruhigt auf den sehr sauberem Sand treten und muss gar nicht auf Zehenspitzen durch das Watt balancieren.

Der Sandwurm „ist der Regenwurm im Komposthaufen Wattenmeer“, sagte ein Wattführer, denn er schleust jedes Jahr 25 Kilo Sand durch sich selbst hindurch, um dem Wattboden Sauerstoff zuzuführen. Ohne diesen „lebenden Staubsauger“ könnte das Watt nicht dieser einmalige Lebensraum für so viele Tiere sein.

Weltnaturerbe Wattenmeer

Mit seinen etwa 11 500 Quadratkilometern Fläche, einer fast 500 Kilometer langen und 40 Kilometer breiten Küstenlandschaft zwischen Dänemark und den Niederlandendem steht das Wattenmeer seit 2014 auf der Weltnaturerbeliste. Es gehört zu den reichhaltigsten Lebensräumen der Welt. 10 000 Tierarten sind im Wattenmeer zu Hause. Pro Quadratmeter sind das 50 000 Wattschnecken, 12 Kilo Miesmuscheln, 100 Wattwürmer und 100 000 Schlickkrebse.

Auch am Strand gibt es viel zu sehen

Halligflieder, Seepocken und Austernfischer

Ganze Schiffsladungen von Halligbesuchern kehrten einst mit großen Sträußen des Halligflieder zurück nach Hause. Von Juli bis August bedeckt er mit seinen rosa-violetten und blau schimmernden Blüten die Salzwiesen der Halligen und bleibt später auch im getrockneten Zustand noch lange sehr hübsch. Ein schönes Andenken an einen Sommertag mitten in der Nordsee, wenn die dunklen Monate da sind. So aber dachten einfach zu viele Menschen, uns so musste der Halligflieder schließlich unter Naturschutz gestellt werden, um ihn zu schützen. In unzähligen Gemälden der Insel- und Halligmaler, aber auch von Photografen wurden die blühenden Halligen festgehalten, sind sie doch jedes Jahr wieder ein wahrer „Augenschmaus".

Zurückhaltender mit ihren rosaroten Blüten und lange nicht so flächendeckend „ins Auge springend" wie der Halligflieder ist die Grasnelke. Überall am Wegesrand, auf höheren Marschböden und auf der sandigen Geest, wiegt sie sich im fast unablässigen Wind. Bis zu dreißig Zentimeter hoch stehen die Blüten auf sehr dünnen Stilen zu mehreren beieinander, die gar nicht so leicht zu pflücken sind. Von Mai bis Oktober dauert die Blüte der Grasnelke, die auch „Kranzrose" genannt wird, weil sich die Inselkinder früher daraus Kränze geflochten haben. Die Grasnelke verträgt den Salzgehalt im Boden und in der Luft sehr gut, benötigt ihn sogar. Und auf der Hochseeinsel Helgoland hat der immerwährende Wind im Laufe der Zeit für eine Anpassung gesorgt. Dort hat die „Kranzrose" kürzere Stängel.

Heute verboten: zwei Damen mit drei Sträußen Halligflieder

Im Wind wiegt sich auch der Strandhafer. Er erhielt seinen Namen wegen seiner Ähnlichkeit mit dem Hafer auf dem Feld. Kann man ihn vielleicht sogar für das Backen von Brot verwenden? Nein, denn im Gegensatz zu den Mehllieferanten Weizen, Gerste, Roggen und Hafer vom Feld hat der am Strand keine Körner. Er ist den Menschen aber trotzdem sehr nützlich, weil er sich im Sand, d.h. am Strand und in Dünen, sehr wohl fühlt und tiefe Wurzeln schlägt. So können richtig kleine Hecken aus Strandhafer entstehen, die den fliegenden Sand festhalten und damit zum Küstenschutz unserer Inseln beitragen.

An einer Vorrichtung des Küstenschutzes, an den Holzbuhnen, die vom Wyker Strand in die Nordsee hinausragen, sieht man oft kleine, weiße Gebilde. Das sind Seepocken, die gar nichts von den ständigen Veränderungen im Wattenmeer halten. Sie suchen einen festen Grund, auf dem sie „ankern" können, so z. B. große Steine, Brücken oder Buhnen. Sie haben ein merkwürdiges Aussehen. So ähnlich wie kleine, aufgebrochene, weiße Vulkane sitzen sie dicht an dicht. Manche meinen auch, sie ähneln Pockenpusteln, die die Haut eines Menschen befallen.

Vielleicht finden Strandgänger in der Nähe von Buhnen gelegentlich auch eine Kompassqualle oder deren Überreste. Kompassquallen leben vor allem im westeuropäischen Atlantik, werden im Spätsommer aber oft an die Nordseeküste getrieben und stranden dort. Da Quallen fast nur aus Wasser bestehen (95%), vertrocknen sie in Sonne und Wind. Es bleibt von ihnen nur eine dünne Haut übrig. Die Haut der Kompassqualle zeigt von oben betrachtet in der Mitte einen runden, braunen Kreis. Um ihn herum haben sich in einem kleinen Abstand v-förmige, braune Strahlen gebildet, die in alle Richtungen abgehen und der 20 bis 30 Zentimeter großen Qualle das Aussehen eines Kompass geben.

Und während wir noch an der Buhne stehen und in den Anblick von Seepocken und Kompassqualle vertieft sind, hören wir über Strand und Watt das typische Rufen des Austernfischers. Mit kleinen, schnellen Trippelschritten ist er unterwegs, um Nahrung zu suchen. Krebse, Würmer, Schnecken und Muscheln stehen auf seiner Speisekarte. Austern aber nicht, denn deren Schalen sind viel zu hart für seinen Schnabel. Der Austernfischer prägt neben der Möwe das Bild der Küste. Vielleicht ist er an der Nordsee mit seinem nahrungsreichen Wattenmeer der häufigste Vogel, den man auch leicht erkennen kann: an seinem langen, orangefarbenen Schnabel, dem schwarzen Gefieder über den weißen Bauchfedern und den ganz typischen Trippelschrittchen.

Eigene Notizen:

Hühnergötter vom Nordseestrand

Ein ganz besonderes Andenken an die Zeit auf der Insel und die Spaziergänge am Meer ist ein Hühnergott. Am schönsten ist es natürlich, wenn man ihn selbst findet. Ich hatte noch nie einen, obwohl sie am Strand meiner Heimatinsel Föhr oft vorkommen sollen. Aber ich kann erzählen, was es mit dem Hühnergott auf sich hat.

Steine, die als Hühnergötter bezeichnet werden, haben ein Loch, durch das man je nach Größe eine Kette oder ein Lederband ziehen kann. Manche tragen es dann als schützendes Amulett. Es gibt auch Mobiles aus Hühnergöttern. Sie sind ungewöhnlich und vor allem selten, denn woher so viele Steine nehmen? Manche sind schon froh, überhaupt einen Hühnergott zu finden. Das Mobile erinnert aber an eine der ursprünglichen Verwendungen dieser ungewöhnlichen Steine. Sie wurden in den Hühnerstall oder an dessen Tür gehängt, um die Tiere zu schützen. Andere sagen, der germanische Gott Thor, dem die Hühner heilig waren, gab diesem Stein seinen Namen.

Und wie kommt nun das Loch in den Stein? Hühnergötter sind Feuersteinknollen mit Kreideeinlagerungen, in deren jetzigen Löchern sich wahrscheinlich einmal fossile Einschlüsse befanden, die sich über die Zeitläufte herausgelöst haben.

Na denn, viel Erfolg beim Suchen!

Kaufen die Wüstenscheichs unseren Föhrer Sand?

Warum, sie haben doch ganze Wüsten voll davon! Ja, aber mit dem Sand gibt es ein Problem, wenn es darum geht, neue Hochhäuser, Fußballarenen und Freizeitparks zu bauen. So besuchten vor einiger Zeit drei Scheichs einen Holländer, der ihnen nun Sand aus seinen eigenen Gruben verkauft. Der Nordseesand, also auch der vor Föhr, ist nämlich viel grobkörniger, stabiler als der feine Wüstensand, der immer wieder durch Wind aufgewirbelt und glatt poliert wird. Zur Herstellung von Zement als Baustoff ist er nicht geeignet, weil die kleinen Sandkörner sich nicht miteinander verhaken. Schon sind ganze Küstenabschnitte auf der Welt durch Sandräuber und Sandschmuggler verödet und die Folgen für unsere Umwelt noch gar nicht absehbar. Jährlich werden 40 bis 50 Milliarden Tonnen Sand verbaut. In der Europäischen Union gelten strenge Gesetze, wie viel und wo Sand abgebaut werden darf. Sand aus dem Meer darf nicht zum Bauen verwendet werden, nur der aus Sand- und Kiesgruben an Land.

Gehen wir doch einfach mal an den Strand und nehmen eine Lupe mit. In der Vergrößerung sieht man, was Sand ist. Viele, viele Kleinststeinchen haben wir in der Hand, die als Sand bezeichnet werden, wenn sie kleiner als zwei Millimeter sind. „Manche durchscheinend, manche glitzernd wie Glassplitter, andere goldgelb, ziegelrot oder grau, einander ähnlich alle, doch keines dem anderen gleich“, schrieb ein begeisterter Sandbeobachter. Diese Winzlinge waren einst viel größer und Teil eines Felsbrockens, der vor Jahrtausenden oder noch früher zerbrach. Mit Regen und Schnee gelangte der Felsbrocken über Bäche und Flüsse ins Meer. Und das Meer trägt die irgendwann nur noch ganz kleinen Steine an das Ufer, an den Strand. Wunderbar, die vom Baden kalten Füße im sonnenheißen Sand aufzuwärmen!

Föhrer Sand vor Wyk

Schillers Locken auf dem Teller

Es gibt sie beim Bäcker oder im Café und beim Fischhändler, womit zwei sehr unterschiedliche Speisen den gleichen Namen erhalten haben: Schillerlocken.

Zunächst ist damit das tüten- oder rollenförmige Gebäck aus Blätterteig gemeint, das oft mit Hagelzucker oder Puderzucker verziert und mit Schlagsahne oder Creme gefüllt wird. Man kann diese „Schillerlocken" aber auch ungesüßt auf den Tisch bringen und sie dann mit Ragouts, Salat oder einem Püree füllen.

Beim Fischhändler liegen etwas eigenartige, würstchenförmige, braune Gebilde in der Kühltheke, die gar nicht nach Fisch aussehen. Diese „Schillerlocken" sind enthäutete, in Streifen geschnittene und heiß geräucherte Bauchlappen des Dornhais. Diese beliebte Fischspeise hat einen feinen Geschmack, keine Gräten und ein weißes, festeres Fleisch.

Dornhaie können sehr alt werden, nämlich 20 bis 24 Jahre. Im Herbst 1997 allerdings kamen Fischer aus dem Staunen nicht mehr heraus. Vor der Küste Schottlands fingen sie einen Dornhai, der mindestens 65 Jahre alt war! Und noch ungewöhnlicher: Diesen Dornhai hatte man vor 35 Jahren schon einmal gefangen, markiert und wieder ausgesetzt.

Aber was hat der Dichter Friedrich Schiller (1759-1805) mit der Blätterteigrolle und der Fischmahlzeit zu tun? Auf einem Porträt trägt er seine rot-blonden Locken ganz lässig so wie sie gerade fallen, was so nicht üblich war. Schnell wurden Schillers hübsch ineinander fallende Locken über viele Kopien seines Porträts bekannt. Und so mögen sich ein pfiffiger Bäcker und sein Kollege im

Fischladen mit dem Blick auf ihre Ware gesagt haben: Warum nicht ein bisschen Reklame machen mit diesem berühmten Mann?! Das sind von nun an Schillerlocken, und so ist es bis heute geblieben.

Friedrich Schiller ist zwar nie im Norden gewesen, hatte aber Verehrer und Freunde in Schleswig-Holstein, das damals dänisch war. In Zeiten, als es dem Dichter besonders schlecht ging und man irrtümlicherweise schon eine Totenfeier für ihn abgehalten hatte, reifte ein Plan und wurde auch umgesetzt: Herzog Friedrich Christian von Augustenburg (1765-1814), Schwager des dänischen Königs, sorgte für eine jährliche Unterstützung. Eine Einladung nach Kopenhagen konnte Schiller wegen seines schlechten Gesundheitszustandes nicht annehmen.

Eigene Notizen:

Einer, der dabei war, dessen Name aber nichts zur Sache tut, erzählt, dass er in Sturmflutnächten mit seinem Bruder hinausging, „um allerlei Strandgut, insbesondere Holz, zu bergen. Da Vater Tischler war, lag uns vor allem an Brettern und Planken, die gelegentlich auch in größerer Zahl antrieben. Wir hörten dann später, dass ein Schiff im Sturm die Decklast hatte kappen müssen". Die nächtlichen Sturmfluten „hatten den Vorteil, dass nur wenige Strandgänger unterwegs und die Aussicht auf lohnende Funde umso größer waren."

Das stimmt, was er erzählt. Ich erinnere mich, dass mein Vater zu meiner Kinderzeit nach manchen Sturmnächten schon sehr früh morgens noch in der Dunkelheit und vor Arbeitsbeginn um 7 Uhr mit dem Fahrrad zum Strand fuhr. So manches gute Stück Holz konnte er bergen. Da er es aber nicht gleich mitnehmen konnte, legte er es hinter einen Busch und holte es später. Nie hat ihm jemand etwas weggenommen.

„Nur selten tauchte am langen Strand eine Gestalt aus der Dunkelheit auf", heißt es weiter in der Erzählung, „doch wurde kein Gruß oder Wort gewechselt, um unerkannt zu bleiben. ... Ein ungeschriebenes Gesetz besagte, dass demjenigen das Strandgut gehörte, der es zuerst entdeckte, sei es am Spülsaum oder sei es bereits draußen in den Wellen. ... Eigentlich war das Einsammeln von Strandgut mit offenkundigem Verkehrswert verboten und musste dem Strandvogt zur Versteigerung gemeldet werden."

In der Wyker Großen Straße 35 lebte der Konsul und Reeder Levi Heymann (1813-1892), der für die Schiffsversicherung „Lloyds“ in London tätig war. So manches Mal machte er sich von seinem Haus auf den Weg hinauf zum Glockenturm, dem gegenüber das Amtsgericht stand. Dort kam es dann zu solchen für Föhr ungewöhnlichen Ereignissen wie Reisauktionen. Den hatte man aus einem vor Amrum gestrandeten Schiff holen können, bevor die Insulaner „zur Hilfe“ eilen konnten.

Und dann erzählt der, der dabei war, noch: „Im Laufe der Jahre haben wir viele lange Bretter und Bohlen, deren Kaufpreis damals für Vater unerschwinglich war, sowie manches Stück Kantholz nach Hause gebracht, was alles in unserer Werkstatt beste Verwendung fand.“

Ja, ich weiß auch von einigen guten Stücken, die mein Vater „rettete“ und dann verbaute. Aber das bleibt unter uns ...

Die Friesen im Himmel

„So hab ich's in alten Blättern gelesen:
Es sind einmal wackere Friesen gewesen,
Die hatten gern Plündern und Seeraub getrieben,
Bis eines Tages sie doch tot geblieben.

Da lärmten hinauf sie zum Himmelstor
Und riefen: ‚Sankt Peter, nun komm schnell hervor!‘
Der fragte fast zaghaft nach ihrem Begehren.
'Mach auf schnell, du sollst uns den Himmel nicht wehren!

Doch der wollt' von Strandraub und Plündern nichts wissen.
‚Geht weiter, ich kann euch im Himmel gern missen!‘
Da brachen sie johlend die Himmelstür auf
und stürmten die Hallen im drangvollen Lauf.

Die frommen Seelen dort packte ein Schrecken,
Sie suchten sich scheu vor dem Lärm zu verstecken.
Indessen den bärtigen Friesen gefiel
Im Himmel ein schmutziges Kartenspiel.

Sankt Peter saß traurig am Tor auf den Steinen,
Da sah einen neuen Geist er erscheinen.
‚Was bist du ??' – ‚Schiffsmakler !' – ‚Nur wenn du vertreibst
Die Friesen, als Gast du im Himmel bleibst!'

‚Was, Friesen im Himmel? – Die wolln wir schon kriegen:
Der Strandraub wird rasch ihre Frommheit besiegen!'
Als Sprachrohr hob hohl er zum Munde die Hand
Und schrie in den Himmel: ‚Schipp, Schipp up Strand!'

Fort flogen die Karten: Dierk, Melf, Kay, Frerk, Karsten,
Sie stürmten zum Strand, als wenn Fesseln jäh barsten.
– ‚Herein nun, Schiffsmakler !' – Behutsam in Ruh
Schloss schmunzelnd Sankt Peter das Tor wieder zu."

Ernst Kleuker

Wie kommt der Kochtopf ins Friesenwappen?

Familien, Adelshäuser, Städte, Staaten und auch Dörfer haben ein eigenes Erkennungszeichen, ein Wappen. Das Wappen von Deutschland zeigt einen Adler, der auch „Bundesadler“ genannt wird. Aber auch Anker, ein Bär (Berlin), Bienen, eine Burg (Hamburg), Muscheln, Pferde, Stiere, Schiffe, Leuchttürme (Westerland auf Sylt), Wale, Ritter oder Mühlen sind auf Wappen zu sehen.

Föhr gehört zum nördlichsten Bundesland, zu Schleswig-Holstein. Auf dessen Wappen sieht man neben einem weißen Schild mit rotgezacktem Rand zwei blaue Löwen mit herausgestreckter Zunge und roten Krallen. Föhr liegt im Kreis Nordfriesland, dessen Wappen drei goldene Schiffe mit goldenen Segeln zeigt. Die Flaggen der Schiffe und die Zeichen auf den Segeln (Pflug, Fisch und Stierkopf) sind rot. Das Wappen von Wyk auf Föhr kann man ganz oben auf der Flutsäule am Wyker Hafen sehen. Es zeigt ein havariertes d.h. beschädigtes Schiff mit drei Masten ohne Segel.

Die Föhrer sind Friesen. Und auch die haben ihr eigenes Wappen. Das zeigt nun allerdings eine Besonderheit. Neben einer Krone und einem Adler ist doch tatsächlich ein Kochtopf zu sehen. Ein Kochtopf in einem Wappen, wo gibt es das denn? Bei den freiheitsliebenden Friesen, die sich gestern wie heute nicht gerne unterordnen. Die Legende erzählt: Eines Tages griffen die dänischen Nordmänner wieder einmal die Nordfriesen an. Die Friesinnen kochten gerade Grütze über dem offenen Feuer, und zwar in einem dreibeinigen Topf, so wie er auf dem Wappen der Nordfriesen zu sehen ist. Die Grütze sollte eigent-

Wappen der Nordfriesen mit dem Kochtopf

lich die nächste Mahlzeit sein, aber als sich die friesischen Männer nicht mehr gegen die angreifenden dänischen Nordmänner verteidigen konnten, schritten ihre Frauen zur Tat. Sie holten das Essen vom Feuer und verjagten mit diesen glühend heißen „Geschossen“ aus dem Topf die Feinde.

Und damit auch jede und jeder weiß, mit wem er es zu tun hat, steht unter dem Friesenwappen: „Leewer duad üs Slaav“, und das heißt: „Lieber tot als Sklave“.

Wer nun aber denkt, die Friesinnen hätten die dänischen Nordmänner mit der heute so beliebten Roten Grütze beworfen, der irrt. Die Grütze war einst kein leckeres Dessert, sondern eine Hauptspeise aus Graupen, also geschälten, lange zu einer Art Brei gekochten Getreidekörnern.

Was ist „Rund-Föhr“?

Warum die Föhrerinnen und Föhrer an Himmelfahrt einmal um ihre Insel laufen? Weil es Spaß macht!

„Rund-Föhr 1965“ steht in der Klappe meines alten Schulranzens, und es kamen im Laufe der Jahre noch einige Einträge dazu. Für die fast vierzig Kilometer ging es morgens ganz früh am Wyker Hafen los. Früher soll beim Aufbruch auf einen alten Pfahl am Strand gespuckt worden sein, auf den abends zum Zeichen, dass alle es Rund Föhr geschafft hatten, alle noch mal spuckten. Wahrscheinlich liefen die Erwachsenen und Kinder schon vor über hundert Jahren Rund Föhr. Und aus alten Erinnerungen wissen wir, dass bei den Jungs das „Piep schmöken“ wie auch an Biikebrennen dazu gehörte. Der Wyker „Insel-Bote“ schrieb einmal dazu: „Wenn so mancher Wanderer am Abend neben der Müdigkeit in seinen Gliedern auch ein gewisses Unwohlsein in der Magengegend verspürte, so mag dies seine Ursache in der vielleicht zum ersten Mal probierten Zigarette oder Zigarre liegen – auch das gehört zu diesem Brauch, und die Erwachsenen sehen an diesem Tage einmal großzügig darüber hinweg.“

1952 sollen über 600 Insulaner im Alter von 8 bis 20 Jahren um die Insel herum unterwegs gewesen sein. Für die Wyker gilt: Über zwanzig Kilometer kommt man gut auf dem Deich voran, dann aber ab Utersum geht es durch den Sand. Wenn man Glück hat, ist gerade Ebbe, und der Boden unter den Füßen gibt nicht bei jedem Schritt nach. Das macht ganz schön müde! Aber nicht alle laufen bei Rund-Föhr die gleiche Richtung. Die Insulaner aus Nieblum und den Dörfern im Westen der Insel laufen mit dem Uhrzeiger in Richtung Wyk den Deich und Strand entlang, die Wyker aber gegen den Uhrzeiger. Und wenn sie sich an einer Stelle dann trafen, soll es meistens friedlich geblieben sein. Ein alter Wyker aber erzählt in seinen Erinnerungen, dass Wyker Jungs einst den Rund-Föhr-Gängern aus den Dörfern im Westen der Insel den Weg nicht freigeben wollten: „Mit dem Kriegsruf ‚Westerlänner Pack mit Schiet oppe Nack!‘ stürzten sie sich auf sie, und gleich waren die feindlichen Brüder im Handgemenge. Lange wogte die Deichschlacht hin und her. Dann flogen die Möwen (die Jungs aus den Dörfern) in den Klee, dann die Robben (wie die Wyker genannt wurden). Was die Bauernjungs an Kraft voraus hatten, das ersetzten die Fischerjungs mit mächtigem Geschrei.

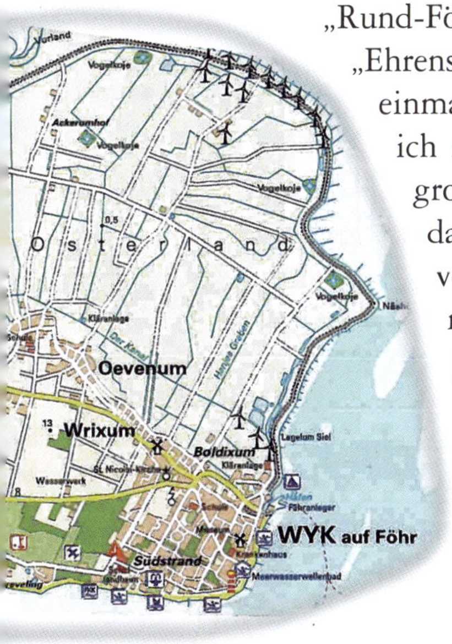

„Rund-Föhr“ zu schaffen war eine „Ehrensache“ für uns Kinder. Nur einmal musste ich aufgeben, weil ich mir in falschen Schuhen so große Blasen gelaufen hatte, dass sie am nächsten Tag vom Arzt behandelt werden mussten. Aber im nächsten Jahr war ich wieder dabei. „Ehrensache“!

Die Insel Föhr

Warum gibt es in Wyk so wenige Reetdachhäuser?

Das Wyk, „dessen Häuser ohne Ausnahme mit Stroh gedeckt sind und zum Theil sich am Strande hinziehen, zum Theil eine nach dem Inneren hinlaufende Gasse bilden, zum Theil auch unregelmäßig in Gärten liegen", gibt es seit 1857 nicht mehr. Viele der rot, manchmal auch schwarz angestrichenen Häuser mit ihren dunkelgrauen Strohdächern und blanken Fensterscheiben verschwinden in einer einzigen Nacht des Frühjahrs 1857.

Die großen Zeiten des Wyker Seebads liegen hinter dem kleinen Ort. Mit dem Tod von König Christian VIII. (1786-1848) haben die jährlichen Sommeraufenthalte des dänischen Hofes, die „Königszeit", ein Ende. Wyk „ist nicht mehr in der Mode", außerdem sind neue Seebäder entstanden und Wyk „als Seebad ist eine in der Entwicklung stehengebliebene und darum rückwärts gehende Pflanzung."

Und so wird auch das „Königshaus" (Ecke Große Straße/Königstraße) nicht mehr benötigt. Es soll umgebaut werden zu einem Hotel. Das dabei abends um 18 Uhr durch Unachtsamkeit entstehende Feuer wird durch den Ostwind südwestlich nach Wyk hineingetrieben und vernichtet fast die Hälfte des Ortes. Die durch den heißen Sommer ausgetrockneten Reetdächer brennen lichterloh. Der Ostwind sorgt für niedriges Wasser, die Brunnen haben kaum Wasser, so dass ein Löschen fast unmöglich ist. Das Feuer springt in den engen Gassen und Gängen von Haus zu Haus und vernichtet 95 Wohnhäuser sowie 19 andere Gebäude. Fast 120 Familien werden obdachlos. Man mag sich nicht vorstellen, was für Tragödien

Es stehen in der Wyker Innenstadt nur noch wenige Reetdachhäuser wie hier in der Hafenstraße

sich im brennenden nächtlichen Wyk abspielen an diesem 7. Mai 1857. Ein Zeitzeuge berichtet, dass der Wind schließlich drehte, „und indem die Flammen von dem noch verschonten Theil des Ortes seitwärts hinweggetrieben wurden, war dieser gerettet."

Kaum zu glauben, aber wahr: Nur zwölf Jahre später kommt es in einem anderen Teil des kleinen Wyk wieder zu einem großen Stadtbrand. Und das ist auch die Erklärung, warum es im Gegensatz zu den Inseldörfern in Wyk so wenige reetgedeckte Häuser gibt. Sehr, sehr viele Häuser brannten 1857 und 1869 ab. Nur dieje-

Noch heute mit Reet gedeckt, das kleine Haus in der Mittelstraße

nigen, die den letzten Stadtbrand überstanden hatten, durften weiterhin mit Reet gedeckt werden. Allen anderen wurde es aus Sicherheitsgründen für immer verboten. Und so haben wir nur noch vereinzelte Reetdachhäuser, die von den alten Wyker Zeiten erzählen: z. B. in der Hafen-, Mittel- und Mühlenstraße. Vor Jahren waren es noch mehr, aber manche Hauseigentümer verzichten wegen der hohen Kosten und beträchtlichen Versicherungssumme inzwischen auf ein Reetdach.

Was sind Maueranker?

Auf Grabsteinen von Seemännern lesen wir immer wieder Zeilen wie: „Ich habe nun den Grund gefunden, der meinen Anker ewig hält." Der dort beerdigte Seemann hat sein Lebensende erreicht und wirft den Anker ein letztes Mal dort aus, wo er für immer ruhen wird.

Mit diesen Schiffsankern haben Maueranker insofern etwas zu tun, als dass beide etwas festhalten. Den Schiffsanker brachten wohl die Römer mit in den Norden Europas, das sie als „Nebelland" bezeichneten. Damit wurden die bisher gebräuchlichen Ankersteine kaum noch verwendet. Und nun von der Seefahrt aufs Land zu den Mau-

Haus Ohl Dörp 63

erankern, von denen wohl niemand weiß, von welchem findigen Kopf sie erdacht und wann sie zum ersten Mal verwendet wurden. Wir wissen aber, dass sie schon lange vor Christi Geburt zum Einsatz kamen. Die Menschen lebten in so genannten „Ständerhäusern", die sich aus den einfacheren Dachhütten entwickelt hatten, indem diese angehoben und auf längsseitige Ständergerüste gesetzt wurden. Auf ihnen, tief in der Erde verankert, ruhte nun der Dachstuhl. Die im Gerüst hochgezogenen Hausmauern hatten also keine tragende Funktion, mussten die Bewohner aber zuverlässig schützen. Und so setzte man Mauereisen oder Maueranker ein, die mit ihren an den Enden auseinander gebogenen Metallstiften zur Stabilisierung beitrugen. Und wenn eine Sturmflut vielleicht auch dieses Mauerwerk zerstörte, das Dach auf den Ständern blieb den Menschen als Zuflucht erhalten.

Maueranker, die neben ihrer Aufgabe auch dekorativ sein können, sieht man noch heute an den Seiten der Türen von Friesenhäusern oder mitten im Mauerwerk, aber auch als Zahlen an der Wand, die das Erbauungsjahr angeben, oder als Initialen derer, die das Haus einst bauten und bewohnten.

Maueranker erzählen ihre Geschichte

In der Wyker Hafenstraße 14 machen wir Halt und schauen mal an der Hauswand hinauf. Dort befinden sich Maueranker in Form der Buchstaben HB und PB. Sie stehen für das Erbauerehepaar Henning (1766-1847) und Pauline Boetius (1768-1857), deren Nachfahren bis heute auf Föhr leben. Und das Haus ist noch reetgedeckt, hat also auf jeden Fall den zweiten Stadtbrand überstanden.

Am Wrixumer Haus Ohl-Dörp 63 finden wir einen Maueranker als Jahreszahl 1647. Was für ein altes Haus da unten an der Marsch steht! Es soll besonders starke Balken und Ständer haben, die zu einer 1634 untergegangenen Kirche auf der großen Insel Strand gehörten und hier wieder verbaut wurden.

Eigene Notizen:

Schliefen die Friesen im Schrank?

Während seines Sommeraufenthalts in Wyk 1844 unternahm der dänische Märchendichter Hans Christian Andersen (1805-1875) auch einen Ausflug auf die Hallig Oland und vermerkte über die Hallighäuser: „Das Bett ist wie ein Schrank und inwendig mit geflochtenen Matten belegt."

Von dem arabischen Wort „al-kobba", das ein Gewölbe, eine Höhle oder einen Nebenraum bezeichnet, stammt das Wort „Alkoven" ab. Und so heißt bis heute auch dieses Schrankbett, von dem Andersen erzählt. Tagsüber sah man nichts von dieser Schlafstätte der Bewohner, denn der Alkoven hatte wie ein Schrank Türen mit einem Riegel davor. Ausgestattet war der Alkoven mit geflochtenen Matten und Bettzeug. Gemütlich war's: Denn dort lagen die Friesen „warm und dunkel ... wenn der Sturm weht, wenn das Meer dumpf braust und das Gebäude ächzt und knarrt". Der Alkoven befand sich stets an einer Innenwand und möglichst auch noch in der Nähe des Beilegeofens, der von der Küche aus befeuert wurde. Das war dann besonders warm und gemütlich. Manche Alkoven waren allerdings so kurz, dass manch groß gewachsener Friese nur im Sitzen schlafen konnte.

Geradezu abenteuerlich wurde es, wenn eine Geburt anstand. Noch in den 1920er Jahren heißt es: „Die Frauen waren schwer zu bewegen, bei einer Geburt ins Krankenhaus nach Wyk zu gehen, und so wurde dies mit Hilfe der Hebamme und des Arztes gemeistert." Also kroch der Arzt zur Gebärenden in das Wandbett des Friesenhauses, bis man nur noch seine Schuhe sah, und eine Helferin leuchtete von außen mit der Stalllaterne hinein. Bei so viel Betrieb und Lärm liefen die Mäuse auf und davon,

Friesenstube mit Alkoven

die es sich im Hohlraum unter der Matratze bei den dort aufbewahrten Kartoffeln gemütlich gemacht hatten.

Tür oder Vorderwand des Alkoven waren oft von besonders hübscher Machart. So erinnert sich der Maler Emil Nolde (1867-1956): „Das Alkovenpaneel in der elterlichen Wohnstube mit seinen Herzformen und der Schnitzerei war als Knabe immer meine Freude".

Eine Insulanerin erinnert sich an die erbsengrünen Vorhänge des Alkovens, die mit Blumengirlanden verziert, die wiederum durch Punkte voneinander getrennt waren. Sie sahen aus wie Erbsen, und mit ihnen „habe ich zählen und rechnen gelernt", erzählt sie.

Vom einstigen Wert der Dinge erzählt eine andere Insulanerin, die immer so lange auf der Kante des Alkovens saß, bis sie richtig müde war: „Erst dann legte ich mich hin. Wenn man nicht gleich einschläft, leidet das Bettzeug sehr."

Warum sind die Nordertüren der Friesenhäuser so niedrig?

Der Nieblumer Pastor Bernhardus Laurenti (Bernhard Lorenzen), der im 17. Jahrhundert lebte und dichtete, war wohl der Begründer einer besonderen Geschichte, die die Nordfriesen gerne erzählen. Er schreibt von den Friesen

„der Freyheit stets gewohnt/ biß sie von den Dänen
auch müssen allgemach zum Joche sich gewehnen,
deß ihre Noorderthür, die niedrig ward gebaut
damit sie krum=gebükkt nach Jüdtland hingeschaut
ihr unterthänigkeit in etwas zu bezeugen
solt' eine probe seyn/ die Hälse müssen beugen."

Genau genommen spielt diese Geschichte im südlichen Friesland, das 795 vom dänischen König Gotrik unterworfen wurde. Unter dieser Herrschaft aber litten auch die freiheitsliebenden Nordfriesen, und so verpflanzte Laurenti das „Joch" der Dänen zu uns.

Und nun kommt der später dazu erfundene, aber leicht vorzustellende Teil der Geschichte. Die „steifnackigen" Friesen ließen sich diese Ungeheuerlichkeit, jedes Mal einen Diener vor dem Herrscher im Norden zu machen, wenn sie ihr Haus verließen, nicht gefallen. Sie grüßten den König, oh ja! Aber ganz anders, als der sich das vorgestellt hatte. Sie verließen das Haus durch die Nordertür rückwärts und zeigten dem Gotrik da oben im Norden mit ihrem Moors, was sie von ihm hielten.

Tür eines Friesenhauses in Wyk-Boldixum

Gibt es immer noch kaputte Haustüren auf Föhr?

Brettertür, Bohlentür oder auch Klöntür nennt man die einst typischen zweigeteilten Türen der Friesenhäuser. Ursprünglich diente diese Aufteilung für den Einfall von Licht und frischer Luft, ohne dass kleine Tiere ins Hausinnere gelangen konnten. Deshalb haben diese „kaputten" Türen auch ihren Griff zum Öffnen im oberen Teil, während der untere verschlossen bleibt.

Irgendwann haben die Menschen gemerkt, dass man auf dem unteren Teil auch sehr bequem seine Ellenbogen lagern und eine Pfeife schmauchen oder einen kleinen Klönschnack halten kann. Und so kam es zu der Bezeichnung „Klöntür". Bei einer Fahrt über die Insel kann man noch einige sehr schöne Klöntüren entdecken, während sie in Wyk fast gar nicht mehr zu finden sind. Ein Grund mögen die zwei Stadtbrände von 1857 und 1869 sein, nach denen man alles möglichst schnell und auch günstig wieder aufbauen musste. Ein anderer Grund könnten die Kurgäste sein, denen man das Neue, das Moderne bieten wollte, und dazu gehörte eine „kaputte" Tür nun wirklich nicht. Das aber änderte sich im Zuge der Nostalgie-Welle, die so manche Klöntür wieder als typisches norddeutsches Lebensgefühl hervorbrachte.

Was macht die Kanonenkugel in der Wand des Hafenamts?

„Endlich eigenes Hafen- und Seemannsamtgebäude für Wyk“, lesen die Insulaner am 1. September 1960 im „Insel-Boten“. Seit Wochen und Monaten ist bei der öffentlichen Lastenwaage am Eingang des Fracht-, Fischerei- und Passagierhafens gebaut worden. Dann endlich können die Männer des Hafen- und Seemannsamtes ihre „nicht sehr komfortablen Räume“ im alten Wyker Rathaus (Ecke König- und Große Straße) verlassen und in das neue „kleine bescheidene Haus“ ziehen: „Von der Ostseite her gelangt man in einen kleinen Raum, der durch eine Tür mit dem eigentlichen Büro verbunden ist. Die dreiwandige Verglasung ermöglicht eine klare Übersicht über Straße, Hafen und Meer.“

Nach Kapitän Hermann Stelter (1895-1969), der das Amt des Hafenmeisters von 1950 bis 1960 ausübt, hat der von Langeneß stammende Theodor Johannsen die verantwortungsvolle Position für einige Monate inne. Er springt ein für den neu gewählten Hafenmeister, Kapitän Diedrich Ahlf, der aus heute unbekannten Gründen nur ganz kurz im Amt bleibt. Im Februar 1962 wird Manfred Then (1924-2002) schließlich für die nächsten 22 Jahre Hafenmeister und eine Wyker „Institution“. Then kommt nicht nur auf einen „damals keineswegs beneidenswerten Posten“, wie es später anlässlich seiner Verabschiedung heißt, sondern auch noch sofort richtig in Arbeit. Die Februar-Sturmflut 1962 zerstört den sich ohnehin in einem desolaten Zustand befindenden Wyker Hafen noch mehr. Bis heute erinnert die Flutsäule am Hafen an den gelernten Zimmermann und Hobby-

Schnitzer Manfred Then, der sie als Nachfolgerin des Pegels am Helling-Haus anfertigte.

1964 bekommt Then einen neuen Nachbarn. Die 1902 installierte, zunächst in einer einfachen Blechbude untergebrachte und immer wieder umgebaute Hafenwaage wird nun von Otto Grünthaler (1910-1981) betreut. 1967 findet im Rahmen der Hafenerweiterung der Umzug an die nördliche Umgehungsstraße statt. Zurück bleibt das Hafen- und Seemannsamt und die Erinnerungen an durchwachte Sturmnächte, an den Abriss des Helling-Hauses. Und an einen Hafen, in dem die Kutter und Frachter einst so eng beieinander lagen, dass man über sie hinweg von der einen zum anderen Hafenbeckenseite „spazieren“ konnte.

Mit dem jetzigen Hafenmeister Gerd Jacobsen ist das Hafen- und Seemannsamtgebäude nun von der Königstraße 44 an den Hafendeich 17 gezogen. Das ehemalige Zollhaus ist eine kleine Attraktion im Wyker Hafen, steckt doch in der Hauswand zum Wasser hin eine Kanonenkugel. Und das kam so: Während der Freiheitskriege 1848 bis 1850 besetzen im April 1849 dänische Truppen die Insel. Daraufhin erscheinen schleswig-holsteinische Kanonenboote, die mit zwei 60-Pfündern, gusseisernen Vorderladern, bestückt sind und eine Reichweite von 2000 Metern haben. Die Kanonen, aus heutiger Sicht nicht sehr Furcht einflössend, feuern und eine Kugel trifft das Haus des Salzfabrikanten Gottlieb Christoph Sophus Clausen (1797-1878), der den Danebrog gehisst hat. Angeblich bleibt die Kugel stecken und wird schließlich 1925 richtig eingemauert. Am Ende des vorigen Jahrhunderts werden Kanonenkugel und die Halterung im Mauerwerk runderneuert. Interessant ist

Die Kanonenkugel in der Wand des jetzigen Hafenamts

in diesem Zusammenhang ein Bericht von Karl-Heinz Thiele (1908-1983) aus dem Jahr 1964, nach dem „Emde jun. beim Abfischen einer Muschelbank vor der Pier vom Meeresgrund" eine weitere Kanonenkugel aus dieser Zeit heraufholte. Ihr Verbleib ist unbekannt.

Der Sandwall ist doch gar kein Wall!

Als „Wasserreihe" wurde der heutige Sandwall auch gelegentlich bezeichnet, an dem noch heute die Häuser zum Wasser hin aufgereiht stehen. Durchgesetzt hat sich diese Bezeichnung allerdings nicht. Mit „Sandwall" war ursprünglich der Strand und wohl auch der recht steil hinaufgehende Rand der Geest gemeint. Bedeutet das friesische „Waal" doch so viel wie „flaches, sandiges Ufer, Strand, eine wallartige Erhebung".

Im Laufe der Zeiten wanderte die Bezeichnung „Sandwall" sozusagen landeinwärts und ist nun das Gebiet zwischen dem Strand und den Häusern – unsere schöne Promenade.

Über den Sandwall ziehen

Im Laufe seiner Geschichte wurde der Sandwall sogar zu einer ganz speziellen Wyker Maßeinheit. Sie stammt aus der Zeit, als Wyk noch keinen Hafen hatte und die Schiffe vor dem Sandwall gelöscht wurden. Nach dem Bankrott eines Reeders, bei dem die Witwe das gesamte Vermögen verlor, wurde dessen Umfang stets in der Größenordnung „Vier Pferde hätten die Menge Geldes nicht über den Sandwall ziehen können" veranschaulicht.

Gibt es in der „Milchbar“ am Sandwall nur Milch?

Zu Beginn der Saison 1952 ist man in Wyk stolz auf eine neue „Sehenswürdigkeit“, wie der „Insel-Bote“ meldet. Am 30. Mai wird die neue „Milchbar“ am Sandwall im Beisein geladener Gäste feierlich eingeweiht.

Beeindruckend ist der „eigentliche Barraum mit dem blitzenden Kühlschrank und der technisch vollendeten Ausschankapparatur.“ Ja, was wird denn dort nun ausgeschenkt? Milch in jeder Form: dünn, dick, sauer, süß, pur oder verschönt! Auch das noch relativ unbekannte Joghurt, das die Bulgaren angeblich hundert Jahre alt werden lässt, kann bestellt werden in der „Milchbar“, die zu dieser Zeit tatsächlich eine ist. Und noch eine Neuigkeit steht auf der Karte: Milchshakes. „Tausend Rezepte für jeden Geschmack“ und ein moderner Mixapparat stehen parat.

Die Midlumer Meiereigenossenschaft hat diesen „Außenposten“ am Sandwall eingerichtet und sie wird es „an hervorragenden Produkten von hohem Wert und entsprechendem Fettgehalt nicht fehlen lassen.“ Ohje, sagt sich so manches figurbewusste Fräulein.

Jahrzehnte später gibt es keine Fräuleins mehr, aber die „Milchbar“ noch immer. Und inzwischen bietet die Speise- und Getränkekarte alles, was das Herz der Einheimischen und Gäste begehrt. Allerdings: Der Name „Milchbar“ gerät mehr und mehr in den Hintergrund, und viele gehen einfach zu „Bübchen“. Seit 1979 führt Heinz-Jörg Arp die „Milchbar“. Wer das ist? Na, „Bübchen“! Das ist der, der nicht als Chef hinterm Tresen steht, sondern lieber seine Gäste begrüßt und bedient,

Klönschnack hält, immer da ist und, unter uns gesagt, wahrscheinlich den Arbeitsplatz mit der schönsten Aussicht hat. Aber was heißt „Arbeit" bei diesen vielen netten Gästen, die alle so gerne zu „Bübchen" kommen.

Immer ist viel los in der „Milchbar"

Wohnte wirklich ein König in der Königstraße?

Ja, denn Föhr gehörte viele Jahrhunderte zu Dänemark, und das ist bis heute ein Königreich. Zu den Vorgängern der jetzigen Königin Margrethe gehört Christian I. (1425/26-1481), genannt „Die bodenlose Tasche", weil er riesige Summen für Kriege und den Erwerb der Grafschaft Holstein und des Herzogtums Schleswig ausgab. Christian I. war stets in Geldnot, da halfen auch die immer wieder neu erfundenen Steuern nicht viel. Sein Enkel und Nachfolger, Christian II. (1481-1559), trug den Beinamen „Der Böse". Er wurde vom eigenen Volk gestürzt und saß 22 Jahre in Gefangenschaft auf Schloss Sonderburg. Noch heute solle es den Steintisch geben, dem er eine tiefe Rille zufügte, indem er mit einem aufgestemmten Nagel immer und immer wieder um ihn herumging. Schließlich konnte Christian II. fliehen und fand 1523 Aufnahme in Wittenberg, wo Martin Luther (1483-1546) zu dieser Zeit lebte und lehrte. Jahrhundert später besuchte Königin Margrethe II. Wittenberg anlässlich des Abschlusses der mehrjährigen Sanierungsarbeiten an der Schlosskirche. Sie brachte ein Gastgeschenk mit: ein von ihr selbst angefertigter Altarbehang.

Manche sagen, die dänische Königsfamilie habe eine große Auswahl „besonderer" Vorfahren. Der wohl berüchtigtste Dänenkönig war Christian VII. (1749-1808). Er galt als geisteskrank. Verheiratet war er mit Caroline Mathilde von Großbritannien (1751-1775), die es mit diesem mehr als schrecklichen Ehemann nicht aushielt und ein Verhältnis begann mit dessen Leibarzt Johann Friedrich von Struensee (1737-1772). Aber nicht nur deshalb

Das Wyker Königshaus Große Straße/ Ecke Königstraße

musste Struensee weg, sondern auch weil er immer mehr politischen Einfluss bekam. Er wurde hingerichtet, seine Geliebte Karoline Mathilde wurde eingesperrt und starb in jungen Jahren. Und doch hat sie sogar auf Sylt und auch auf Föhr Spuren hinterlassen. Im „Altfriesischen Haus“ in Keitum steht heute ein Stuhl aus dem einstigen Besitz Karoline Mathildes. Wie er dort hinkam, ist rätselhaft und wohl nicht mehr aufzuklären. Vielleicht durch einen ehemaligen Bediensteten oder eine Bedienstete der Königin Karoline Mathilde? Aus deren Liaison mit Struensee soll die Tochter Louise Augusta (1771-1843) stammen. Man nannte sie „la petite Struensee – hinter vorgehaltener Hand. Und sie nun hatte wiederum eine königliche Tochter, die später mehrmals Föhr besuchen sollte.

Noch aber sind wir bei dem Sohn und Nachfolger des schrecklichen Christian VII.: Friedrich VI. (1768-1839). Von ihm wissen wir, dass er 1824 die Insel Föhr besuchte. Davon zeugt noch heute ein Denkmal neben der Chaussee von Boldixum nach Nieblum. Im Jahr darauf kam Friedrich VI., der sich allgemeiner Beliebtheit erfreute, gleich noch einmal nach Föhr, um sich ein Bild zu machen von den großen Sturmflutschäden des Februar 1825.

Zwanzig Jahre später schwelgt das kleine Wyk in seinen bis dahin besten Sommerjahren, denn Friedrichs Nachfolger, sein Vetter Christian VIII. (1786-1848) kommt von 1842 bis 1847 mit seinem Hofstaat zur Sommerfrische. Als „Königszeit" sind diese Jahre in die Inselgeschichte eingegangen. Verheiratet ist Christian VIII. mit Caroline Amalie (1796-1881), der Tochter von „la petite Struensee". Und damit sind wir in der Wyker Königstraße angekommen. Dort kauft Christian VIII. 1844 an der Ecke zur Großen Straße ein größeres Anwesen, das als „Königshaus" während der Sommerresidenzen genutzt wird. Ach, das waren noch Zeiten, als man von „Ihrer Majestät der Königin Wohnstube", von der „Kammerjungfer Stube", vom „Sänftenhaus" und „Audienz Zimmer" sprach. Es waren noch „Wandschellen", Wasserpumpen und „Beilegerofen" in Gebrauch.

Mit dem Tod des kranken Königs, der sich vom Sommer 1847 auf Föhr Erholung erhoffte, geht die Königszeit zu Ende. Das Königshaus wird 1853 verkauft. Zu dem geplanten Umbau in ein Hotel kommt es nicht mehr. Bei den Arbeiten bricht ein Feuer aus, das zu dem großen Stadtbrand von 1857 führt. Heute erinnert noch die „Königstraße" an Christian VIII., die ihm zu Ehren so genannt wurde.

Sein Sohn und Nachfolger Friedrich VII. (1808-1863) ist der letzte dänische König, der 1860 als Landesherr die Insel Föhr besuchte, die 1864 preußisch wird. Das „Königshaus" allerdings ist 1857 abgebrannt, und so nächtigt der König mit seiner Königin in der 1857 auch vernichteten, aber gleich wieder aufgebauten Gerichtsvogtei (Große Straße 39).

Wie war der Märchendichter Hans C. Andersen wirklich?

Eine Eisenbahn gibt es in Dänemark noch nicht, als sich Hans Christian Andersen im Sommer 1844 auf den Weg nach Föhr macht. Es wird eine lange beschwerliche Reise mit der Kutsche über holprige Knüppeldämme, dann mit dem Dampfschiff nach Flensburg und weiter quer durch die Marsch in Richtung eines kleinen Küstenorts namens Dagebüll. Und dann auch noch ständig die zermürbende Angst, ja die Zwangsvorstellung, zu spät zu kommen. Deshalb steht Andersen meistens schon Stunden vor der Abfahrt bereit. Aber dieses Mal, so gesehen: wie schön, das Dampfschiff ist noch gar nicht da. Also warten, und das in Dagebüll! „Ein erbärmliches Nest", wird Andersen später schimpfen.

Bei der Ankunft in Wyk hellt sich sein Gemüt merklich auf. Er wird gleich mit dem Ruf „Andersen ist da!" begrüßt, und noch besser: „Die Häuser ... haben alle nur ein Erdgeschoß". Das Seil, das er stets im Koffer hat, kann dort bleiben, denn in Wyk muss man sich nicht notfalls aus einem mehrstöckigen, brennenden Haus abseilen. Und dass er jedes Mal in einen gerade verlassenen Raum noch einmal zurückgeht, um zu sehen, ob die Kerzen auch wirklich ausgemacht wurden, fällt hier auch nicht auf. Vor dem Feuer hat jeder angesichts der Reetdächer mehr als Respekt. Auch mit den Damen des horizontalen Gewerbes gibt es keine Probleme, es gibt sie nämlich nicht auf der Insel – zumindest offiziell. In Paris während der Weltausstellung 1855 wird er ihnen regelmäßig Besuche abstatten, aber nicht zulassen, dass die Frauen sich vollständig ausziehen. Er sucht auch nicht den körperlichen Kontakt. Andersen bezahlt sie, um mit ihnen zu reden.

Aber vor einem Problem kann er selbst auf dieser kleinen Nordseeinsel nicht weglaufen. Im Gegenteil: Die „Redende Steine“ auf dem Friedhof Boldixum ziehen ihn geradezu magisch an. Wie um seiner größten Angst Herr zu werden, besucht er immer wieder Friedhöfe. Die Angst, lebendig begraben zu werden, lässt ihn Zettel für den Nachttisch schreiben: „Ich bin nicht wirklich tot.“

Aus Angst vor Bandwürmern isst Andersen kein Schweinefleisch und ist „ein Hypochonder sondergleichen“, der jedes körperliche Gebrechen vom Schwindel bis zum dünnen Stuhlgang registriert. Das verbindet ihn mit seinem späteren Kollegen Thomas Mann (1875-1955), der jeden Pups im Tagebuch notiert. Dann ist Andersen auch noch Linkshänder, was damals zumindest irritierend ist, ihn inzwischen aber in eine lange Reihe anderer berühmter Linkshänder wie Mark Twain, Peter Ustinow oder der ehemalige US-Präsident Obama stellt. Und die Legasthenie? Man kann alle Texte korrigieren lassen, und beim Vorlesen und Erzählen merkt's ja keiner. Dafür ist Andersen von König Christian VIII. nach Föhr eingeladen worden. Manches Märchen muss er auf Wunsch des Königs mehrmals vorlesen. Sehr angetan lauschen die königlichen Ohren seinen Texten. Und zu essen gibt es auch wahre Köstlichkeiten. Die Austern lassen alle Angst vor Bandwürmern verschwinden.

Sehr bemerkenswert ist im Hinblick auf seine Zeit, dass Andersen gerne im Wasser ist und auch schwimmen kann, was er im Hafen von Kopenhagen – unter Lebensgefahr – gelernt hat. Wie wunderbar sind da die Nordseewellen vor Wyk! Andersen wird mit seiner Begeisterung über das salzige „unvergleichlichte“ Wasser, das den ganzen Körper in Wallung bringt, zum bis heute viel zitierten Werbeträger des kleinen Nordseebades. Und auch vor gekrönten Häuptern hat er allenfalls einen gesunden Respekt. Im Kindesalter sieht er den dänischen König Friedrich VI. aus der Kutsche steigen und sagt: „Ach, das ist ja auch nur ein Mensch!“ Bei dessen Nachfolger sitzt er nun auf Föhr zu Tisch, ohne Begleitung. Andersen führt ein „rastloses Junggesellenleben“, mit den Damen will's nicht so recht klappen. Entweder sind sie schon verlobt, weisen seine Avancen zurück oder versuchen ihn, wie „eine fettleibige Madam mit falschen Locken“, zu verführen. Nichts wie weg! Über Vorlieben am „anderen Ufer“, womit nicht Dagebüll gemeint ist, wird gemunkelt. Aber nichts Genaues weiß man nicht.

Dagebüll lange nach Andersens Zeiten, aber auch nicht schöner

Was macht der Kaiser auf dem Parkplatz?

Das ist eine ungewöhnliche Geschichte, die ganz normal beginnt, als auf Deutschlands Thron noch Kaiser saßen. Der, um den es hier in Wyk auf dem Parkplatz geht, ist Kaiser Wilhelm I. (1797-1888). Während seiner Regierungszeit wurde 1871 das Deutsche Reich unter der Führung Preußens gegründet, so dass der preußische König Wilhelm I. im Alter von 74 Jahren auch die deutsche Kaiserkrone aufgesetzt bekam.

Das Kaiserdenkmal auf dem Parkplatz in der Wyker Hafenstraße erinnert an den 2. September 1870, an dem Preußen mit der entscheidenden Schlacht von Sedan/Frankreich den Krieg gewann. Wenig später wurde im Spiegelsaal von Versailles das Deutsche Reich gegründet. 25 Jahre nach der siegreichen Schlacht stellte Föhr dem Einiger Deutschlands das Denkmal auf. Zu der Zeit befand sich an dieser Stelle noch eine hübsche Parkanlage mit einem Teich, die als Geschenk der dänischen Königin Caroline Amalie unter dem Namen „Königsgarten" bekannt und beliebt war.

1895, bei der feierlichen Einweihung des Denkmals, lebte Kaiser Wilhelm I. nicht mehr und sein Sohn Friedrich III. (1831-1888), der so genannte „99 Tage-Kaiser", war viel zu früh an Kehlkopfkrebs verstorben. Auf Deutschlands Thorn saß nun Wilhelm II. (1859-1941). Er war der letzte Kaiser, der dort Platz genommen hat. Es folgten das Ende des 1. Weltkriegs, sein Rücktritt, die Weimarer Republik und das so genannte „3. Reich" der Nationalsozialisten. Über diese ganzen Zeitläufte stand das Kaiserdenkmal im Königsgarten. Und dann kam das Kriegsende 1945 und mit ihm die Alliierten.

Zu uns nach Föhr kamen die Engländer, und genau das ließ Unruhe aufkommen. Da stand doch immer noch das Denkmal für den Kaiser im Königsgarten, auf dem er ja sogar abgebildet ist. Was, wenn die Engländer da etwas verwechselten und ihn womöglich für Adolf Hitler hielten? Das hätte sehr gefährlich werden können. In einer Nacht- und Nebelaktion, so wird erzählt, auch wenn angeblich keiner dabei war, schaffte man das Kaiserdenkmal fort und vergrub es im Garten des Friesenmuseums. Oder hatten die Engländer das befohlen? Nichts Genaues weiß man nicht, aber eines doch: Bis 1993 tauchte das Denkmal nicht wieder auf. Dann wurde es ausgegraben und am Fundplatz aufgestellt.

Da steht es aber nicht mehr. Nach längeren Diskussionen, ob es nicht einen anderen Platz geben könnte als den schönen Museumsgarten, einigte man sich schließlich auf seinen alten Standort. Und so wurde das Kaiserdenkmal im April 2004 wieder dorthin zurückgebracht, von wo es 1945 gekommen war. Nur, den Königsgarten gab es inzwischen nicht mehr. Und so kam der Kaiser schließlich auf den sich nun dort befindenden Parkplatz.

Ein Kaiserdenkmal auf einem Parkplatz, das dürfte weltweit einmalig sein.

Zu Gast auf Föhr

Kaiser Wilhelm I. hat nie einen Fuß auf die Insel Föhr gesetzt. Sein Sohn Friedrich aber kam mit seiner Familie zur Sommerfrische wie einst das dänische Königshaus. Mit von der Partie: Sohn Wilhelm, der sich mit seinem Gehabe so unbeliebt machte bei den Wyker Jungs, dass sie ihm eines Tages eine ordentliches „Jackvoll“ verabreichten. Meine Großmutter Agnes meinte dazu nur: „Dat hett ok nich holpen!“

Warum stellt ihr Walkieferknochen als Eingangstore auf?

Während auf Föhr das Seebad Wyk 1819 gegründet wird, tritt ein in Nieblum geborener junger Mann namens Johannes Friedrich Posselt (1794-1823) seine Stelle als Leiter der Sternwarte in Jena an. Sein Chef heißt Johann Wolfgang von Goethe (1749-1832) und hat die Oberaufsicht über diverse Anstalten für Kunst und Wissenschaft im Herzogtum Sachsen-Weimar-Eisenach. Es ist bekannt, dass Goethe an sehr vielen Themen interessiert war und sich gerne aus fremden Gegenden und Ländern berichten ließ. Posselts Vater, der Nieblumer Pastor Christian Friedrich Posselt (1761-1819), hat einiges über Föhr geschrieben, so auch 1794 „Über den Grönländischen Walfischfang". Soweit die Tatsachen.

In der Phantasie, und wer weiß, ob es nicht so war, sehen wir den 70-jährigen Goethe mit dem jungen Mann aus dem hohen Norden in eine Unterhaltung vertieft. Goethe beschäftigt sich in dieser Zeit mit der Beobachtung des Wetters und mit Studien zur Wolkenbildung. Auch die Osteologie, die Wissenschaft von den Knochen, interessiert ihn. Der neue junge Leiter der Sternwarte kommt doch aus dem Land der wilden Wetter und hohen Wolken, und jagen die Menschen dort nicht auch Wale? Die müssen ja ungeheure Knochen haben. Werden die auch irgendwie verwendet?

Wie es denn auch war, Posselt hätte sicher einiges zu berichten gehabt. Von der Zeit des Walfangs, dem Goldenen Zeitalter für Föhr, das nach den Worten seines Vaters einen „mäßigen, aber ziemlich allgemein verbreiteten Wohlstand" brachte. Zur Erinnerung an diese

Männer auf Bank aus Walkieferknochen

Föhr so prägende Zeit und weil es einmal zum täglichen Inselbild gehörte, stehen zwei Walkieferknochen als Eingangstore zum Museum in der Badestraße und im Rebbelstieg. Pastor Posselt kannte schon solche Einfahrten zu Gehöften und bezeichnet einen solchen Walkieferknochen als „Monstrum", dessen Spitze nicht einmal ein Mann auf einem beladenen Heuwagen mit der Hand erreichen konnte.

Auch Kirchenbänke wurden aus Walknochen gefertigt. Und noch um 1960 befand sich vor dem damaligen Restaurant „Fährhaus" am Wyker Hafen (Königstraße 2) eine Bank aus der Hälfte eines Walkieferknochens. Dort saßen Wyker Männer gerne auf einen Klönschnack und beobachteten das Geschen im Hafen. Der Wyker Innendeich und die Spundwand kamen erst später, so dass sie freien Blick hatten.

Aus den außergewöhnlich harten und witterungsbeständigen Knochen der Wale fertigte man auch Grenzmarken sowie Balken und Pfosten für den Hausbau. Und der Garten wurde eingezäunt mit den Rippen des Wals. Von einem alten Haus in Oevenum, das einem Kommandeur gehörte, weiß man, dass die Außenwand des Schweinestalls aus Walknochen erbaut wurde. Auch Dungplätze wurde auf diese Weise eingefriedet. Im Garten des Friesenmuseums kann man so einen heute noch sehen.

Das Innere der Inselhäuser schmückten aus Pottwalzähnen geschmückte kleine Pinguine. Besonders vielseitig verwendbar waren die Barten der Wale, auch „Fischbein“ genannt, mit denen sie das Wasser filtern. Man fertigte aus den Barten Stangen für die Korsetts der Damen, Stäbe für Sonnen- und Regenschirme, Peitschenstile, Lineale, Angelruten oder sogar Sprungfedern für Kutschen. Und manche Friesin freute sich über besonders schön geschnitzte Knöpfe, Kämme, Schmuckkämme und Spangen aus den Zähnen von Walen oder Walrössern. Auf der langen Hin- und Rückreise hatten die Männer immer wieder Zeit, solche besonderen Mitbringsel anzufertigen.

Rätselhafte Löcher

Auf den Inselfriedhöfen sind noch Grabsteinplatten aus alter Zeit erhalten, die in der Mitte ein rätselhaftes Loch aufweisen. Mittlerweile sind diese Platten wie auf dem Boldixumer Friedhof an der Wand fest verankert. Sie standen aber einst auf dem Grab der Verstorbenen. Ja, sie standen, denn sie waren mit Hilfe eines Dübels an einem senkrecht in das Erdreich eingelassenen Stück Holz oder Walkieferknochen befestigt.

Stimmt es, dass manche Grönlandfahrer nie dort waren?

Auf den nordfriesischen Inseln haben die Grönlandfahrt und der Grönlandhandel eine ganze Epoche geprägt. Was aber für den Grönlandhandel stimmt, kann für die Grönlandfahrt so nicht stehenbleiben. Ja, es stimmt: Manche Grönlandfahrer der nordfriesischen Inseln waren überhaupt nie auf Grönland.

Und das kam so: Nicht nur Kolumbus täuschte sich, als er 1492 Amerika für das gesuchte Westindien hielt. Etwa hundert Jahre später machen sich Niederländische Seefahrer um Willem Barents (1550-1597) in Richtung Norden auf den Weg, um die Nordostpassage nach China, mit dem man sich einträgliche Handelsbeziehungen erhoffte, zu finden. Sie trafen auf die große und schwer zugängliche Inselgruppe von Spitzbergen und hielten sie für Grönland. Die Entdeckung der dortigen Walgründe führte zum nun einsetzenden, sehr lukrativen Walfang einiger europäischer Länder vor „Grönland". Ungeprüft bürgerte sich die Bezeichnung „Grönlandfahrt" ein und ist bis heute verbunden mit dem „Goldenen Zeitalter" Föhrs. Als schließlich das richtige Grönland entdeckt und dort 1721 die erste Handelsniederlassung gegründet wurde, war es schon zu spät. Der Walfang vor Spitzbergen behielt den Namen „Grönlandfahrt". Und so kam ein ganzer Wirtschaftszweig zu einer nicht korrekten Bezeichnung. Was aber noch viel schlimmer ist: Viele unserer nordfriesischen Grönlandfahrer sind gar keine, sondern Spitzbergenfahrer.

Das Ende des „Goldenen Zeitalters“

Im Herbst 1844 strandete das englische Schiff „Liverpool“ im nordfriesischen Wattenmeer. Ein Jahr später wurde es geborgen und nach Wyk gebracht. Auf der 1829 gegründeten Werft am Hafen wurde die „Liverpool“ repariert und neu ausgerüstet. Unter ihrem neuen Namen „Insel Föhr“ sollte sie auf Robbenfang ins nördliche Eismeer gehen.

Die für viele Föhrer goldene Zeit des Walfangs war 1845 schon lange vorbei. Schon seit ca. fünfzig Jahren waren Wale und Robben im nördlichen Eismeer so gut wie ausgerottet. Der Fang lohnte sich eigentlich nicht mehr. Die Wyker hatten sich mit der Seebadgründung 1819 erfolgreich ein neues Standbein geschaffen. Nun aber sollte in der Hoffnung auf einen guten Gewinn von der Wyker Werft noch einmal ein Schiff in die nördlichen Eismeerregionen fahren. Commandeur des Grönlandfahrers wurde Claus Ohrt (1801-1869), der mit seiner Oevenumer Frau Ingke Nickelsen (1811-1893) „in einer 36-jährigen zufriedenen und glücklichen Ehe“ lebte. Ohrt fuhr 43 Jahre zur See, der Grabstein des Ehepaares Ohrt steht noch heute auf dem Friedhof von Nieblum.

Zunächst konnten die Fangergebnisse der nur mit Nordfriesen bemannten „Insel Föhr“ die Aktionäre, die das Unternehme finanziert hatten, zufrieden stellen. Von 1700 Robben (1846) stieg die Zahl auf 4000 (1847), ging aber 1851 auf 3100 zurück und erholte sich in den folgenden zwei Jahren bei nur mäßigem Fang auch nicht mehr. Den Aktionären ging, wie man auf Föhr erzählt, „die Pfeife dabei aus“. 1853 wurde die „Insel Föhr“ nach

Flensburg verkauft. Nur ein Jahr später heißt es in einem Schiffsjournal: „Briggen ‚Insel Föhr‘ opbraendte i Isen“.

In Erinnerungen an das alte Wyk heißt es über die „Insel Föhr“: „Von mancher Fahrt wurde Sehenswertes mitgebracht, und schließlich wurde die kleine Sammlung, z. B. ausgestopfte Eisbären und Walrosse, in einem Zelt aus alten Segeln auf dem Hafendeich gegen ein geringes Entgelt gezeigt.“ Es wird vom „großen Zulauf zu dieser arktischen Ausstellung“ erzählt.

Die Ära des Wal- und Robbenfangs ging für die Insulaner damit endgültig zu Ende. Nach der „Insel Föhr“ fuhr kein Föhrer Schiff mehr ins nordische Eismeer.

Eigene Notizen:

Kann man Walfleisch essen?

Die Verpflegung der Männer während des Walfangs war einst an Eintönigkeit kaum zu überbieten. Graue Erbsen mit Fleisch und gelbe Erbsen mit Fisch wechselten einander ab. Nur höchst selten gab es einmal Bohnen oder Sauerkraut, manchmal Grütze aus geschälten, lange zu einer Art Brei gekochten Getreidekörnern.

Obwohl vom Meer umgeben, obwohl Tonnen von frischem Walfleisch den Grönlandfahrern auf ihrem Schiff vor den Füssen lagen, kam steinharter Stockfisch auf den Tisch. Abwechslung in der eintönigen Speisenfolge und etwas Frisches waren an Bord sehr gefragt. So wird berichtet, Walfleisch sei wie Rindfleisch gekocht worden. Das Fleisch alter Walfische ist fast schwarz und sehr grob, da half auch kein Pfeffer und Salz mehr. Wenn schon, dann wurde das rote Fleisch junger Wale zubereitet. Die Begeisterung allerdings hielt sich in Grenzen: „Ehe aber einer todt hungern solte, wolte ich rathen Walfischfleisch zu essen."

In Notzeiten, wenn Walfangschiffe „vom Eis besetzt" waren und der Schiffszwieback zur Neige ging, war auch bald der obligatorische Privatvorrat eines jeden Seemanns an Tee und Kaffee aufgebraucht. Nun bestand der Tee eben aus geraspelten Taljen (Flaschenzüge) und Blöcken (Gehäuse zur Führung des Tauwerks). Er wurde „mit vieler Zufriedenheit getrunken". Der Hunger aber war „ein fürchterliches Schwert" und so schrapten die Männer in ihrer Not das Zahnfleisch zwischen den Walfischbarten ab, „um durch solche elende Kost den rasenden Hunger zu stillen." Auch gebratene Walfischschwänze aßen die Männer in ihrer Not.

Angeblich aßen die Franzosen Walfleisch, am englischen Hof soll es serviert worden sein, und auch die dänische Königin Christine (1461-1521) wurde auf ihrem Witwensitz in Odense mit Walfleisch beliefert.

Unglaublich!

Ein neugeborenes Blauwalbaby wiegt so viel wie ein ausgewachsenes Nilpferd.

Im Jahr 1891 wurde ein Mann namens James Bartley angeblich von einem Wal verschluckt, überlebte zwei Tage in dessen Magen und lebte noch 35 Jahre.

Eigene Notizen:

„Tausendjahrsgebäck“ am friesischen Weihnachtsbaum

Flach wie eine Flunder lag Föhr einst im nordfriesischen Wattenmeer. Manchmal ein paar niedrige Büsche und vom stetigen Wind klein gehaltene, schiefe Bäume. Die größte Ansammlung von Laubbäumen fand sich lange Zeit bei den Vogelkojen. Aber Tannenbäume? Wie sollten sich diese Flachwurzler im ewigen Inselwind halten?

Weihnachten 1852 stand der Dichter Theodor Storm begeistert vor dem großen, überaus reichlich geschmückten Tannenbaum in seinem Husumer Haus und meinte: „Ein solcher Weihnachtsbaum brennt vielleicht heut abend in ganz Schleswig-Holstein nicht mehr.“ Und damit hatte er wohl Recht. Auf der Insel Föhr jedenfalls kannte man zu dieser Zeit noch keine Weihnachtsbäume, denn es gab so gut wie keine Tannenbäume. Und so behalfen sich die Menschen mit ihren eigenen Erfindungen. „Mein Vater hatte aus Holz ein baumähnliches Gestell gemacht, braun gestrichen“ und bei einem Nachbarn, „der in seinem neuen Garten vier oder fünf kümmerliche Tannen wachsen hatte, bekamen wir einige Zweige , die an dem Gestell angebunden wurden, so dass es nach unserer Meinung und für die Ansprüche , die wir stellten, ein Prachtstück war“, erzählt ein Inselkapitän aus seiner Jugendzeit um 1870.

Um diese Zeit soll es gewesen sein, dass die Föhrer zum ersten Mal ihren ganz eigenen Weihnachtsbaum bauten und schmückten. Der heute weit über die Inseldeiche hinaus beliebte und oft exportierte friesische Weihnachtsbaum ist ein bogenförmiges Holzgestell für den Tisch oder die Fensterbank, in dem sich drei Questre-

Friesische Weihnachtsbäume auf einer festlich geschmückten Fähre der W.D.R.

ben befinden. An ihnen werden die Salzteig-Figuren befestigt, die unbedingt zum originalen nordfriesischen Weihnachtsbaum gehören. Ganz unten, sozusagen an der Wurzel des Baumes, stehen Adam und Eva und symbolisieren den Beginn des Lebens. Und das folgt jedes Jahr der Sonne, an deren Lauf der Bogen des friesischen Weihnachtsbaum erinnert. Anderes Figurengebäck, das man auch „Wiehnachtspoppen“ nennt, stellen z. B. Mühlen, Kühe, Schweine, Fische, Pferde oder Schiffe dar. Manche sagen, sie symbolisieren die Opfergaben in heidnischer Zeit und gelten als Vorwegzauber, mit dem man um etwas bittet. So vielleicht um die gute Rückkehr des Mannes von der Seefahrt (Schiff), um ausreichenden Fang (Fisch) oder gesunde Tiere im Stall (Schwein, Kuh). Der Hahn übrigens sitzt ganz oben auf dem friesischen Weihnachtsbaum, denn er paßt auf Haus und Hof auf.

Die rot bemalten „Wiehnachtspoppen“ aus Salzteig sind lackiert und können auf diese Weise sehr lange halten, wenn sie nicht hinunterfallen. Manche Hausfrau packt Jahrzehnte immer wieder die gleichen aus, um sie an den Baum zu hängen. Manche sprechen deshalb auch von „Tausendjahrsgebäck“. Ja, und dann gehört an den friesischen Weihnachtsbaum natürlich noch etwas Grünes, das die Hoffnung symbolisiert. Die Inselfrauen behalfen sich mit Efeu oder Buchsbaum und auch mit den Zweigen der Krähenbeere. Rosinenketten, Kornähren und in späterer Zeit auch Tannenzapfen schmücken außerdem den Friesenbaum. Die Kerzen, die ihn heute auf dem obersten Bogen schmücken, sind nicht typisch. Vor Feuer hatte man in den reetgedeckten Friesenhäusern viel zu viel Angst.

Warum gibt es zu Biike immer Grünkohl?

Früher wurde erzählt, die großen Biikefeuer am 21. Februar seien ein letzter Abschiedsgruß für die auf Walfang fahrenden Föhrer Seeleute gewesen, die noch in weiter Ferne den hellen Schein des Feuers sehen konnten. Wenn es der Zufall wollte, dass sie an diesem Tag losfuhren, dann stimmt das auch. Aber meistens ging die Reise an anderen Tagen los. Das hing von den Gezeiten und vom Wetter ab. Vor allem der Wind mußte aus der richtigen Richtung kommen. Manchmal warteten die Walfänger ungeduldig, bis angeblich einer während der Sonntagspredigt in die Kirche hineinrief „De Wind is gut!“ Alle machten sich sofort auf den Weg.

Die Biikefeuer brennen stets am 21. Februar. Für die Wyker Jungen ging es gleich nach Weihnachten los: morgens zur Schule, dann schnell nach Hause zum Mittagessen und danach zum Treffpunkt, wo der große Biikewagen schon wartete. Mit dem zogen sie durch die Straßen und sammelten die Tannenbäume ein. Einer erinnert sich: „Hus bi Hus – Junge, Junge, wat mußten wi ran!“ Mit einer Strohpuppe namens „Peter“, die als Symbol des Winters oben auf dem Biikewagen saß, ging es am letzten Tag vor dem Biikebrennen noch mal durch die Straßen und dann endlich zum riesig großen Biikehaufen. Und nun klärt sich auch das Datum des 21. Februars: Die Strohpuppe „Peter“ wird jedes Jahr an diesem Tag als Symbol des Winters verbrannt. Man sagt auch: „Peter to Bett lüchten“, der Winter wird mit einem großen Feuer zu Bett gebracht. Biikebrennen ist also eine Art Frühlingsfest auf den nordfriesischen Insel, Halligen und auch auf dem Festland.

Nach dem Abbrennen des großen Biikehaufens am 21. Februar ging es früher im Fackelzug durch Wyk, und alle marschierten mit. Das ließ sich keiner nehmen, und alle sangen: "Wir haben eine glückliche Reise gemacht und haben den Peter zu Bette gebracht." Seit vielen Jahren gehört das Grünkohlessen zu Biike, das in vielen Inselrestaurants angeboten wird. Zum Grünkohl werden Schweinebacke, Kasseler, Kochwurst und süße Kartoffeln serviert. Aber warum Grünkohl?

Eine alte Insulanerin erinnert daran, dass es an Biike zum ersten Mal wieder Abendessen bei Tageslicht gab. Grünkohl gehörte nach ihrer Erinnerung aber nicht dazu. Dann stimmt vielleicht die Geschichte von Sylt? Dort sollen nach dem Biikebrennen 1909 einige Gäste noch beim Grog zusammengesessen haben, die Hunger bekamen. Der Wirt aber konnte angeblich nichts anderes als Grünkohl anbieten, und dabei soll es dann bis heute geblieben sein. An der Geschichte könnte etwas dran sein, denn welches Gemüse gab es einst frisch im Februar? Nur Grünkohl! Und eines ist klar: Grünkohl macht satt, ist gesund und wärmt die Seele.

Das kann besonders gut die Grünkohlsuppe mit Pökelfleisch, abgeschmeckt mit Zucker und Nelke. Eine Inselkennerin bezeichnet sie sogar als Nationalgericht: „Da sie auch mehrfach aufgewärmt noch sehr gut schmeckt, wurde meistens gleich eine große Menge gekocht, oftmals in mehreren Töpfen".

Und was ist nun „Biike"? Das Wort „Biike" entstand z.B. aus „Bak" oder „Beek", das soviel wie „Feuerzeichen" bedeutet.

Gehen die Wyker nicht zur Kirche?

Das könnte man doch glatt meinen, denn die drei Inselkirchen stehen in Boldixum, Nieblum und Süderende. In Wyk gibt es nur eine Kapelle in der Süderstraße, die Neuapostolische Kirche und die Katholische Kirche am Rebbelstieg. Die Evangelische Kirche aber steht in Boldixum. Sie heißt St. Nicolai und ist dem Schutzheiligen der Seefahrer gewidmet. Boldixum hatte schon eine Kirche, als der Ort Wyk erst entstand. Schon immer gingen die Wyker nach Boldixum zur Kirche, wurden dort auch getauft, getraut und beerdigt. Weil aber der Ostwind die Glockentöne von St. Nicolai manchmal nach Amrum hinüberwehte und die Wyker so den Beginn des Gottesdienstes versäumten, schafften sie sich eine eigene Glocke an: den Glockenturm. 1924 wurde Boldixum eingemeindet und gehört seitdem zu Wyk, das auf diese Weise ganz problemlos zu einer Kirche kam.

Vor fast hundert Jahren schlugen die Wogen in den Herzen der Wyker hoch bis zum Glockenturm. Das beliebte und ehrwürdige Kennzeichen des Orts war in Gefahr. Es bestand doch tatsächlich der Plan, im Glockenturm einen Bazar für feinste Delikatessen einzurichten. Und in der oberen Etage sollte ein intimes Weinlokal entstehen. Die höheren Stockwerke waren durch Schaffung von Balkons mit Fernrohren als Aussichtsplattform über Land und Meer geplant.

Der Glockenturm vermietet? Der Glockenturm ein Lokal, ein Bazar? Das ging vielen Bürgern entschieden zu weit. Zahlreiche Protestschreiben trafen bei der Stadtverwaltung ein. Unser Glockenturm! So mancher machte sich eilig auf den Weg, um zu retten, was noch zu retten war. Dabei hatten sie eines übersehen: Die Meldung stand am 1. April 1921 in der Zeitung.

Die St. Nicolai-Kirche in Wyk-Boldixum